云中历史人物故事

杨利民　编著

 远方出版社

图书在版编目（CIP）数据

云中历史人物故事 / 杨利民编著. -- 呼和浩特：
远方出版社, 2022.1
ISBN 978-7-5555-1666-8

Ⅰ.①云… Ⅱ.①杨… Ⅲ.①历史故事 - 作品集 -
中国 Ⅳ.①I247.81

中国版本图书馆CIP数据核字（2021）第267389号

云中历史人物故事
YUNZHONG LISHI RENWU GUSHI

编　　著	杨利民	
责任编辑	董美鲜　王国庆	
责任校对	蒙丽芳	
封面设计	丁雪芝	
版式设计	春　英	
出版发行	远方出版社	
社　　址	呼和浩特市乌兰察布东路666号　邮编010010	
电　　话	（0471）2236473总编室　2236460发行部	
经　　销	新华书店	
印　　刷	内蒙古北方印务有限责任公司	
开　　本	145mm×210mm　1/32	
字　　数	120千	
印　　张	5.375	
版　　次	2022年1月第1版	
印　　次	2022年1月第1次印刷	
印　　数	1—3600册	
标准书号	ISBN 978-7-5555-1666-8	
定　　价	38.00元	

序(一)

老友杨利民,雅好文史,虽入金融系统,然宿志不改。精算之余,爬罗史志,收求轶闻。数十年之功,积稿盈尺,于地方文化建设,曰有功焉。结集为《云中历史人物故事》,嘱予作序。予不敢辞焉,聊缀数语,以作引玉。

书名有数语:托克托、历史、人物、故事,先略释之。托克托,考其原始,明嘉靖中期,西土默特部阿拉坦汗义子恰台吉(即脱脱,亦作妥妥)驻牧妥妥城(托克托城)。当以阿拉坦汗义子之名脱脱得名。脱脱应为蒙古族常用名。《元史》撰者即名脱脱,又作托克托,可证。盖脱为入声字,中古时期收k尾,而克即将k译写为一个汉字而成,脱脱与托克托,当为蒙古名之两种译法,托县常称拖城,乃脱脱城、托克托城之省称。历史,乃过去之事。历史之于中华文化,有独特之文化价值。司马迁有云:"思往事,知来者""究天人之际,通古今之变",历史不特记录中华文化之精髓,更要以古知今,以古鉴今,揭示历史发展之规律,以其有用于当世。人物,有文治武功或奇闻逸事,载入史册或流传于民间之人。故事,乃某事件之文学化表述,于人有启发警策之用。历史人物故事者,非确凿可考之史实,乃是有历史依据之故事。

托克托之名始于明嘉靖中期,不足500年。若提及云中,则一跃而至战国年间,直溯2300年之外。若说到海生不浪(当为海生不拉)文化,则更在五六千年之外之新石器文明,兹不赘。托克托为富含历史文化之人文荟萃之地,当非溢美。诸君可至托克托县博物馆一观便知。

云中郡,战国赵武灵王始设,治所在今托克托县境内。秦汉因之,治所或有变化。之后屡废屡建,云中之名,虽时见于史籍,然治所详情,邈然不可考。及至李唐,与北方游牧部族争雄,云中故地,又得重光。史籍所载,或略或详,虽间有龃龉,此亦史学故常,殊不足怪,留待学者考辨。塞外名城,固若云中之城隐没于历史迷雾之中?云中之事,吉光片羽,难寻全貌;云中之人,鸢飞豹隐,时见一斑。史家诠叙故实,则材料不足;塞外古城风流,倩何人演说?唯杨君诚笃,多年孜孜不倦,于经史子集中爬罗剔抉,将与云中、托克托相关之遗珠断简尽数拣出,精心编辑,成此《云中历史人物故事》,不亦可乎?

开卷展读,耳目一新。自先秦及清代,帝王将相、文人骚客、异人侠士、豪商巨贾、布衣名流,均与云中、托克托有关系,果如是邪?此乃历史与历史故事之别。历史以史料为核心,近人王国维首倡"二重证据法":"吾辈生于今日,幸于纸上之材料外,更得地下之新材料。由此种材料,我辈固得据以补正纸上之材料,亦得证明古书之某部分全为实录,即百家不雅训之言亦不无表示一面之事实。此二重证据法唯在今日始得为之。"史学大家陈寅恪云:"一日取地下之实物与纸上之遗文互相释证""二曰取异族之故书与吾国之旧籍互相补正""三曰取外来之观念,以固有之材料互相参证"。简言之,即以各种材料(传世文献、地下文献以及域外异族史料)相互印证,方得确认。此历史研究之正途,无可置疑。历史故事则有所不同。史籍所载,必有详略,详者易知,略者阙如。且文献传承,洵多艰难。秦火固不必说,兵燹战乱,水火无妄,典籍传承,危若悬丝。观历代典籍著录,只存其名,不见其书,无片纸可睹者何止千万。赅博如孔子者,也有"礼失,求诸于野"之叹。史料灭失、史籍失载,故为史家无可奈何之事。然故事则不然,依史料之线索,寻草蛇灰线,加以补充,以合理之想象,由一管所窥绘全豹之美,现鲜活场景,乃故事之所长。

云中始建于战国,兴于秦汉。虽处塞外,然为古代西北重镇,各民族所共争。隋唐时地位更显,官府军政文教多有建设,史籍典册所载甚多。泊乎明清,托克托负云中之荣光重现于世。境内河口镇为黄河上中游分界点,地理位置优越。明代开发西部,内地物资转输西北,黄河船运其利愈显。河口镇为重要水旱码头,下接晋冀,上通呼包,远至库伦(今蒙古国乌兰巴托)。舳舻相接,店铺林立,商贾云集,百业兴旺,洵为一时之盛。至平绥铁路开行,黄河航运渐告没落,河口镇亦不为人知。现在政府努力恢复河口镇旅游事业,旧貌新颜,庶几可待。与内地市县相较,托克托难言富庶。但几千年积淀之文教土壤,孕育代代杰出人物。就此言之,人杰地灵,不为过誉。诸君展卷而读,当知余言不谬。

欣逢盛世,何幸如之! 乘国运之昌旺,发古郡之声威。弘教化于塞外,建功勋于宇内。固为我托克托人之天职,可不勉旃!

  是为序。

                                    杜若明

                                  北京大学教授

                                2019 年 10 月 14 日

序（二）

杨利民，托克托县河口镇人，我的初中同班同学、高中同桌。1977年恢复高考时，我们读初二；1978年，升初三，我们同班。当时，教室是平房，教室后墙和外墙各有一块大黑板，各班负责墙报，学校会定期检查评比。杨利民是宣传委员，负责班级墙报工作，既组稿又撰稿，又要完成版面设计、插图、美术字和板书等。因评比时屡获奖，大家尊称他为"总编""杨总编"。

杨利民大学所学专业为中文，参加工作没几年就当了银行行长。那时，他已经开始默默地挖掘和研究托克托历史了。30多年来，他不停地走访相关史学研究者，自费到全国各地图书馆查询相关历史文献，完成《托克托历史人物故事》。印象中，书中所述历史人物、历史事件，好像与托克托并无交集。例如：

公元前219年，秦始皇为了长生不老，巡游赵国故地云中郡（今内蒙古自治区托克托县东北），寻找吉祥之鸟——天鹅；公元前200年，汉高祖刘邦命封陈豨为列侯，统管赵国、代国及包括云中郡一带戍卫边疆军队，这是有关托克托最早的历史记载。还有，托克托保持至今的物资交流大会，历史悠久，可以追溯到金代。

公元429年，巾帼英雄花木兰，女扮男装从军12年，参加了北伐黑山（今内蒙古自治区托克托县黑城东）之战。公元682年，大将薛仁贵在单于都护府（今内蒙古自治区托克托县东北）指挥了云州战役。

再有，托克托有诸多历史人物，如1182年出生的武都，官至户部尚书；1181年出生的程震，与其兄程鼎同科进士及第，官至监察御史；1203年出生的孟攀鳞因才华出众，被皇帝忽必烈授予翰林；1234年出生的程思廉，与人为善，为官清廉，疾恶如仇，刚正不阿，于1269年进入京师升任监察御史；明代名将孙镗，托克托人，后被封为涞国公，充任总兵官。

印象中，为了生存，人口向来是北迁，如走西口、闯关东。但1373年9月，明太祖朱元璋下令将东胜州（今内蒙古自治区托克托县）、云内州（今内蒙古自治区托克托县）等地4万多户约22万人迁到中立府（今安徽省凤阳县），值得历史学家深入研究。

书中记载了与托克托有关的几位皇帝，但百姓口中流传最广的还数清康熙皇帝。1696年农历十月二十八日，为征讨噶尔丹叛乱，康熙率领大军来到湖滩和硕（今内蒙古自治区托克托县河口）黄河岸边。因黄河流凌、河水湍急，大军无法过河，暂驻在湖滩和硕。农历十一月三日，康熙泛舟黄河，诗兴大发，吟诗一首《黄河》：

黄涛何汹汹，寒至始流凌。

解缆风犹紧，移舟浪不兴。

咸行宜气肃，恩布觉阳升。

化理应多洽，嚣氛顷刻澄。

　　杨利民30多年孜孜不倦的研究与考证，为续写和完善托克托历史做出贡献。他把托克托历史与中国历史紧密结合在一起，把一个具有传承作用的、鲜活的、动态的、有血有肉的托克托历史展示在世人面前。

　　因留存下来的文献资料有限，不能完全还原历史真相，但杨利民为托克托历史研究走出第一步，实属不易。此作凝结了作者30多年的心血，奠定了托克托历史人物研究的基础。

贺振富

国家发展和改革委员会、国家能源局专家

2019年10月9日

目　录

春秋战国时期

春秋战国时期

赵武灵王与托克托

有资料记载："云中古城（今内蒙古自治区托克托县古城镇古城村）是内地与北方草原联系的战略要地，自古为兵家必争之地。著名的赵武灵王'胡服骑射'就发生在这一带。"①

一、云中古城

相传，云中古城是战国时期赵武侯所筑。②赵武侯，于公元前400年被立为赵国君主。赵武侯筑云中城的时间，应该在他出任赵国君王期间（公元前399年—前387年）。

《资治通鉴》卷三，"周纪"赧王四年（公元前311年）援用《虞氏记》著述：赵武侯自五原河曲筑长城，东至阴山，又于河西造大城，一箱崩，不就，乃改卜阴山河曲而祷焉。昼见群鹄游于云中，徘徊经日，见大光在其下，乃即于其处筑城，今云中

---

① 引自《托克托文史资料·第六辑》第273页。
② 关于云中古城修建者，还有一种说法是赵武灵王所筑。

城是也。①

据《史记·匈奴列传》记载，赵武灵王十九年（公元前307年），"变俗胡服，习骑射，北破林胡、楼烦。筑长城，自代并阴山下，至高阙为塞。而置云中、雁门、代郡。"②云中郡治在云中城。

云中郡故城位于今呼和浩特市西南，内蒙古自治区托克托县双河镇（原城关镇）东北的古城镇古城村。云中郡故城遗址四墙明显，周长约8000米，每面城墙约2000米，大约是归化城（呼和浩特市旧城）的6.7倍（归化城周长约1200米，每面城墙约300米），因此《虞氏记》讲到"造大城"。

二、胡服骑射

赵武灵王把赵国人穿的宽大的服装改为林胡等游牧民族穿的小袖短褂，腰里系根皮带，脚上穿双皮靴，这就是胡服。他还建立了一支强大的骑兵部队，在马上拉弓射箭，这就是骑射。

公元前325年，赵王雍即位，他便是中国历史上著名的赵武灵王，赵武灵王是赵国第六位国君。

从公元前307年开始，赵武灵王总结多年来与林胡等游牧民族的作战经验和教训，吸收游牧民族作战时小袖短褂、骑

① 一箱崩：有一面塌了；不就：无法成功；卜：占卜；祷：祈祷；昼：白天；群鹄：一群天鹅；经日：多日。
② 赵武灵王是赵武侯的叔伯玄孙，即赵武灵王是赵武侯哥哥赵烈侯的玄孙，在赵武侯与赵武灵王之间还有：赵敬侯——赵章，赵成侯——赵种，赵肃侯——赵语。

马射箭、灵活多变、战斗力强的优势,大胆实行军事变革,这就是历史上著名的"胡服骑射"。

赵武灵王带头穿胡服,带头改变赵国的风俗习惯,最后建立起一支强大的骑兵队伍。《史记·赵世家》记载,赵武灵王称"吾将胡服骑射以教百姓"。

赵武灵王的胡服骑射改革,不仅"遂胡服,招骑射",而且在云中城北面的原阳一带建立"骑邑"①,用来培养训练骑兵。由此可见,赵武灵王完全将骑兵部队当作主力部队来建设。

赵武灵王能够大力推行胡服骑射的一个重要因素:赵国接近漠南草原的地缘优势。接近漠南草原使赵国有充足的畜牧资源,进而大搞骑邑骑兵建设,并且吸收胡人的军事优势。

赵国大军长期驻扎在云中城一带,大规模放牧马匹,训练骑兵和步兵。与此同时,还把大量的内地居民迁于此处,开垦土地,建立村屯,发展农业,进而巩固其统治地位。当时的云中地区已经成为赵国的主要放牧屯兵之地及粮食产区。

公元前306年,赵国军队从云中城出发西渡黄河,一举攻取榆中地区(今内蒙古自治区鄂尔多斯市),"辟地千里",林胡王献马于赵。

《史记·赵世家》记载:赵武灵王"二十七年(公元前299年)五月戊申,大朝于东宫,传国,立王子何以为王"②。

不久,赵武灵王为了察看秦国的地形和了解秦国的有关情况,就"身胡服将士大夫西北略胡地,而欲从云中、九原直南

---

① 骑邑:驻扎骑兵的城邑。
② 在东宫大会群臣,传皇位,并立王子何为新国王。赵武灵王的称号改为"主父",类似太上皇,但我们在后文中仍称其为赵武灵王。

袭秦,于是诈自为使者入秦。秦昭王不知,已而怪其状甚伟,非人臣之度,使人逐之,而主父驰已脱关矣"①。

公元前305年,赵武灵王亲率两路大军攻中山国,中山王献千邑求和。

---

① 引自《史记·赵世家》。

秦 代

蒙恬与托克托

据《托克托文物志》记载：秦始皇三十二年（公元前215年），始皇派遣大将军蒙恬发兵30万，北击匈奴，至云中。

蒙恬北击匈奴的真正目的：根据《史记·秦本纪》及《史记·匈奴列传》记载：秦始皇三十二年，由于以头曼为首的匈奴奴隶主势力的南下侵扰，乃使蒙恬率兵三十万北击匈奴，夺取河南地（今内蒙古自治区河套以南一带）。

秦始皇三十二年，秦始皇北巡第一次进入云中郡，部署反击匈奴的计划，在云中地区短暂停留后，即回到京师。

《秦始皇大事年表》记载："秦王政三十二年，四十四岁，秦始皇出巡北部边地之碣石，刻石于碣石门。使燕人卢生求羡门、高誓，使韩终、侯公、石生求仙人不死之药。坏城郭，决通堤防。派将军蒙恬发兵30万北击匈奴，掠取河南地。"

在《秦始皇大事年表》中，我们未找到秦始皇到云中的记载，可能是因为他到云中停留的时间太短，又没做什么大事，所以没有记载，但派遣大将军蒙恬发兵30万北击匈奴是事实。

蒙恬，秦朝著名将领。据传，蒙恬曾改良过毛笔，因此也被誉为"笔祖"。

大将军蒙恬率领30万大军抗击匈奴，收复河南地，匈奴大败，向北撤退700余里，从阴山以南地带退至阴山以北的草原地带。从此，"胡人不敢南下而牧马，士不敢弯弓而报怨"[1]。

秦始皇三十三年（公元前214年），蒙恬率领秦军渡过黄河，夺回被匈奴控制的高阙（今内蒙古自治区杭锦后旗东北）、阴山（今内蒙古自治区后套狼山）等地区。

秦始皇三十三年，蒙恬开始经营以云中、九原为中心的防御工程，又把原先秦、赵、燕三国在北方所筑的长城连接起来，加以修缮，并东西扩展，筑成"万里长城"。长城西起临洮（今甘肃省岷县），沿黄河北至河套，傍阴山，东至辽东郡（今鸭绿江边），延袤万里。

为了巩固北部边防，蒙恬除了"筑塞于河上"[2]，对云中城、九原城进行较大规模的加强和维修，并在其四周不远处筑起若干烽火台。如今，在云中郡故城周围，许多烽火台遗迹清晰可见。它和长城一样，都是秦朝防御匈奴的重要军事工程。

在蒙恬率领大军击败匈奴之后，30万人马长期驻扎在以云中郡为中心的北部边境，粮食问题成为秦朝要考虑的主要问题。于是，将内地3万余户居民迁于沿边郡县内，主要从事农业生产，并在云中、九原等地分置44个县，以实边外。

在秦代，今天的鄂尔多斯东北部，也归云中郡管辖，因此移民到榆中垦殖的地方，时人称之为"新秦"。

---

① 引自《史记》。
② 于河套一带建筑鄣塞、堠城。

这里需要说明一点，云中郡于秦始皇十三年（公元前234年）置，秦始皇二十六年（公元前221年）复置，为天下三十六郡之一。九原郡于秦始皇三十三年置，号为新秦中，部分地方原属云中郡管辖。

最后，我们借用小说《漠北疆场·云中城》中的一段对话，来对蒙恬做一个简单的评价：

这时的云中郡虽然是秦国置下的一个郡，但是控制范围却非常小。走在云中城，蒙恬问道："越兄弟，对于这云中城你怎么看？这一带可是经常有匈奴的骑兵出现，我大秦虽然在行政级别上设置了云中郡，可是这个郡能控制的范围却非常小！"越峰笑道："将军，这云中作为我大秦最北边的郡，是真正的直接面对匈奴威胁的地方，控制范围小一点，也算是好事，这里主要是用于戍边，军队驻扎才是最主要的。我个人觉得，这云中城已经算不错了！在一定程度上可以抑制匈奴人的进攻。而且我大秦一定会将云中的土地扩充的。"

蒙恬一听越峰这话道："哦，越兄弟如此肯定我大秦能够将云中郡扩大？现在我大秦可是还被匈奴威胁着。这再往北那可都是匈奴骑兵的天下了！"越峰点头道："以前我还没把握，但是这些天和将军相处下来，别的不说，就将军肯以身犯险这一点，就是很多统兵大将不可能做到的。还有就是将军居然能够很认真地听一个山野之人讨论军国大事，这说明将军有海纳百川的胸怀，能够善于听取手下之人的意见。我大秦的将士有这样的统帅，何愁打不赢匈奴。"

汉 代

李广、冯唐与托克托

李广和冯唐同是西汉人，而且他们均是与云中郡有关系的历史名人。之所以将他们放在一起来讲，是因为他们都经历了汉文帝、汉景帝、汉武帝三朝，他们的经历都与云中郡有关，并且李广、冯唐性格相近，均为憨直而不善逢迎之人。

一、李广

李广一生从军40余载，跨汉文帝、汉景帝、汉武帝，经历战争70余场，历任边境8个郡的太守，云中郡是其中之一。

据《托克托文物志》记载："汉景帝前元元年（公元前156年），景帝即位，调遣李广为陇西、北地、雁门、云中太守。""汉武帝元光元年（公元前134年）十一月，骁骑将军李广屯兵云中，翌年六月罢。"

汉文帝是一位有雅量、能听得进逆耳之言的帝王，比较欣赏李广、冯唐这样的人。李广经常率部与匈奴作战，也曾随汉文帝打猎，汉文帝对李广的勇力过人非常赞赏，曾亲口对李广说："惜乎！子不遇时，如令当高皇帝时，万户侯岂足道哉！"

但是，李广经历汉文帝、汉景帝、汉武帝三代帝王都没被封侯，而他的许多部下却被封侯，甚至连自己的儿子李敢都被封为关内侯，何故？

李广治兵不苛，与士卒同甘共苦，深受边关军民的爱戴，在边疆士兵中有着崇高的威望。

在唐代，歌颂李广的诗句有很多，如王昌龄的《出塞》：

秦时明月汉时关，万里长征人未还。
但使龙城飞将在，不教胡马度阴山。①

此外，还有卢纶的《塞下曲》：

林暗草惊风，将军夜引弓。
平明寻白羽，没在石棱中。②

高适的《燕歌行·并序》：

相看白刃血纷纷，死节从来岂顾勋。
君不见沙场征战苦，至今犹忆李将军。③

---

① 在汉代，李广被人称作"飞将军"。不教，内蒙古西部常用口语，指：不允、不许。
② 惊风，突然被风吹动；将军，指西汉飞将军李广；引弓，开弓射箭；平明：天刚亮；白羽，箭杆后部的白色羽毛，这里指箭。
③ 死节，为节义而死，指为国捐躯；李将军：指西汉飞将军李广。

明末清初思想家王夫之谈到李广时说："获誉于士大夫之口,感动于流俗之心。"

二、冯唐

冯唐也是跨汉文帝、汉景帝、汉武帝的老臣。在汉文帝一朝中,冯唐与当时的云中郡太守魏尚是好友。

据《史记·张释之冯唐列传》记载:有一次,匈奴入侵,魏尚率领车骑出击,杀敌甚多。这些士卒都是平民百姓的子弟,由田野间出来从军。他们并不了解军中的规章条令,终日拼命作战,斩敌首,虏敌人,到幕府记录战功,可是稍有不合,文吏就以军法来制裁。后来,魏尚因为上报朝廷的杀敌数字与实际不符,只差6颗头颅,便被削职查办。

魏尚的好友、郎中署长冯唐认为对魏尚的处理不当,当面向汉文帝直谏道:"我愚蠢地认为陛下的法令太严,奖赏太轻,惩罚太重。况且云中郡郡守魏尚只犯了错报多杀敌6人的罪,陛下就把他交给法官,削他爵位,判处一年的刑期。由此说来,陛下纵然得到像廉颇、李牧那样的将才,也不懂得任用。"汉文帝觉得冯唐讲得有道理,当天就令冯唐拿着符节去赦免魏尚,并且再度任命他为云中郡郡守,同时又任命冯唐为车骑都尉,统领中尉和郡国的车战之士。

针对冯唐的上述表现,司马迁在《史记·张释之冯唐列传》中讲:"冯公之论将率,有味哉,有味哉!"

另外,上面谈到的云中太守魏尚,在当时比飞将军李广更有名。后来,他与汉文帝同年去世。

汉景帝去世后,汉武帝即位。当时匈奴来犯,汉武帝广征贤良,冯唐再次被举荐,可是他已经90多岁了,只能任命他的儿子冯遂为郎。

关于对李广、冯唐的评论,下面一段故事很有意思:

"初唐四杰"之一的王勃到交趾(唐代交趾郡)探望父亲,路经洪州(今江西省南昌市),恰逢重阳节。洪州都督阎伯屿,大宴宾客,吟诗作乐。王勃在席上即兴作《秋日登洪府滕王阁饯别序》:"嗟乎!时运不齐。命途多舛。冯唐易老,李广难封。"

卫青与托克托

卫青,字仲卿,平阳(今山西省临汾市西南)人,西汉杰出军事家、统帅。汉武帝卫皇后(卫子夫)的弟弟。

据《汉书·卫青霍去病传》记载:"卫青字仲卿。其父郑季,河东平阳人也,以县吏给事侯家。平阳侯曹寿尚武帝姊阳信长公主。季与主家僮卫媪通,生青。"①

汉武帝元朔二年(公元前127年),车骑将军卫青抗击匈奴时,先在云中郡一带屯兵整训,在做足准备后,一举击败匈奴,并且取得七战七捷。

其实早在两年前,即汉武帝元光六年(公元前129年),卫青被封为车骑将军,首次带兵出征,以"初出茅庐"第一功取得了第一捷,即"龙城大捷"。史书上有过这样的记载,但笔者不认为这次战役为"大捷",因为此次出征,汉军一共四路出兵。车骑将军卫青出上谷(今河北省怀来县),骑将军公孙敖出代郡(治代县,今山西省大同市、河北省蔚县一带),轻车将军公孙贺出云中,骁骑将军李广出雁门(今山西省右玉县)。四路

---

① 河东,郡名,在今山西省临汾市西南;曹寿,当为曹时,曹参之曾孙;尚,娶,高攀的意思;僮,奴婢;通,私通。

将领各领一万骑兵,战斗的结果是:两路失败,一路无功而还,只有卫青一路胜利,奇袭了匈奴圣地龙城,斩杀俘虏数百人。

据《托克托文物志》记载:匈奴入上谷,杀掠吏民。车骑将军卫青出兵上谷,骑将军公孙敖出兵代郡,轻车将军公孙贺出兵云中,骁骑将军李广出兵雁门御敌。卫青攻打龙城,斩杀、俘虏700余人,李广、公孙敖失败而归,公孙贺也无功而返。作为一次大的战役,参战的四路人马中,仅卫青一路胜利,且带领着1万人马,仅斩杀、俘虏700人能算大捷吗?

所以说:真正的"大捷"是卫青在兵出云中后。

据《资治通鉴》记载:汉武帝元朔二年(公元前127年),"匈奴入上谷、渔阳,杀略吏民千余人。遣卫青、李息出云中以西至陇西,击胡之楼烦、白羊王于河南,得胡首虏数千,牛羊百余万,走白羊、楼烦王,遂取河南地。诏封青为长平侯,青校尉苏建、张次公皆有功,封建为平陵侯,次公为岸头侯。"

译文:匈奴入侵上谷郡、渔阳郡,杀害和掳掠官吏百姓1000多人。汉武帝派遣卫青、李息从云中郡出击,向西一直打到陇西,在黄河以南进入匈奴楼烦王和白羊王的地盘,斩获匈奴首级和俘虏数千,夺得牛羊100多万头,赶走匈奴白羊王和楼烦王,于是得到黄河以南地区。汉武帝下诏封卫青为长平侯;卫青的校尉苏建和张次公都立了军功,汉武帝封苏建为平陵侯,封张次公为岸头侯。

兵出云中后,汉军在卫青的带领下连续取得如下战役的胜利:

汉武帝元朔五年(公元前124年),汉武帝令卫青带领六将军出塞六七百里,夜袭右贤王,俘虏1.5万余人。由此,卫青官拜大将军,汉军所有将领归其统辖。

汉武帝元朔六年(公元前123年)二月,大将军卫青统领六路兵马共10万余骑,出兵定襄(今内蒙古自治区和林格尔县西北),斩杀匈奴3000余人,得胜而还,在定襄、云中、雁门休整兵马。

汉武帝元狩二年(公元前121年),击败匈奴浑邪王的部队。浑邪王率众归附汉朝,汉廷遣其众于云中、朔方等地,设立"五属国"。

汉武帝元狩四年(公元前119年),卫青出定襄,霍去病出代郡,各领五万骑兵,步兵数十万,卫青去大漠以北围单于,斩匈奴1.9万人,至阗①颜山(今蒙古高原杭爱山南面的一支)而还。

同年,霍去病率军北进2000余里,越离侯山,渡弓闾河,与左贤王交战,斩杀匈奴7万余人,兵至狼居胥山(今蒙古人民共和国北部的肯特山)。他们在狼居胥山举行祭天仪式,在姑衍山举行祭地仪式,向北挺进直到瀚海(贝加尔湖)。②

同时立功的还有云中太守遂成,他也受到奖赏:封诸侯相,赐食邑200户,并赏赐黄金100斤。

卫青从奴仆到将军的传奇人生一直为人们所津津乐道。曾国藩评价说:有为者"不宜复以资地限之。卫青人奴,拜将封侯,身尚贵主。此何等时,又可以寻常行墨困奇倔男子乎"③。

---

① "阗"同"寘"。
② 《汉书·卫青霍去病传》:"封狼居胥山,禅于姑衍,登临翰海。"
③ 引自《曾文正公书札》卷五第32页。

苏武、李陵与托克托

今天,我们站在汉代云中人的角度来观察一下苏武、李陵,同时通过史料了解二人的性格特点。

据《汉书·苏武传》记载,"后陵复至北海上,语苏武:'欧脱捕得云中生口,言太守以下吏民皆白服,曰上崩。'"

意思是说,李陵又至北海上,对苏武说:"欧脱活捉了一个云中人,说太守以下官民都穿白衣服,说武帝驾崩了。"苏武听到后,向南大哭,早晚祭奠。

李陵是在兵败后投降匈奴的汉将,当时苏武因出使匈奴而被匈奴单于扣留在北海。当初,苏武与李陵同为汉朝的侍中,苏武出使匈奴的第二年,李陵投降匈奴。

当年,这位云中人告诉李陵汉武帝去世的消息后,很有可能看到或听到苏武与李陵的不同表现。

下面我们根据史料做进一步的分析:

一、关于"欧脱"的解释

对于"'欧脱'二字的理解,至今文史界也没有真正解释清楚。但是欧脱就是匈奴语边境的意思，原文已经说得明白。欧脱为缓冲的中立地带。"①

从上面的资料可以推断，这里所讲的"欧脱"指的是汉代云中郡一带。

据《托克托文史资料》记载："秦汉时期，云中郡称之为'欧脱'或'脱'。'欧脱'其含意是什么，在历史史料记载中，它主要指的是一个地区的代名词。历史上所提到的'欧脱'或'脱'时专指云中地区，其次是朔方郡。"

二、李陵

李陵（公元前134—前74年），字少卿，陇西成纪（今甘肃省天水市秦安县）人。他是汉代飞将军李广的长孙。李陵既是西汉名将，也是匈奴名将，活了60岁。

李陵善骑射，爱士卒，颇得美名。汉武帝天汉二年（公元前99年），35岁的李陵奉汉武帝之命出征匈奴，率五千步兵与八万匈奴兵战于浚稽山，连战8天8夜，最后因寡不敌众，战败被围，投降匈奴。

汉代太史令司马迁为李陵说情，被汉武帝下狱施以腐刑（又叫宫刑）。

后来，匈奴单于把公主嫁给李陵，被且鞮侯单于封为坚昆国王，遂于汉昭帝元平元年（公元前74年）老死在匈奴。

唐太宗李世民评价道："李陵以步卒五千绝漠，然卒降匈

---

① 引自林幹《匈奴史》。

奴,其功尚得书竹帛。"

鲁迅在《华盖集·这个与那个》中讲道:"中国一向就少有失败的英雄(项羽),少有韧性的反抗(伍子胥),少有敢单身鏖战的武人(李陵),少有敢抚哭叛徒的吊客①(司马迁);见胜兆则纷纷聚集,见败兆则纷纷逃亡。"

三、苏武

苏武(公元前140—前60年),字子卿,杜陵(今陕西省西安市)人,代郡太守苏建之子。

《汉代车骑将军卫青与托克托》一文中写道:"卫青的校尉苏建和张次功都立了军功,汉武帝封苏建为平陵侯,封张次功为岸头侯。"

汉武帝天汉元年(公元前100年),苏武奉命以中郎将持节出使匈奴,被扣留。

匈奴贵族多次威胁利诱,欲使其投降;后将他迁到北海边放羊。苏武历尽艰辛,留居匈奴19年持节不屈。

汉昭帝始元六年(公元前81年),苏武方获释回汉。

唐代诗人李白有一首诗写道:

苏武在匈奴,十年持汉节。

白雁上林飞,空传一书札。

牧羊边地苦,落日归心绝。

---

① 吊客,前来吊唁死者的人。

渴饮月窟冰，饥餐天上雪。

东还沙塞远，北怆河梁别。

泣把李陵衣，相看泪成血。

这首诗最后一句"泣把李陵衣，相看泪成血"，意思是：当苏武与李陵在河边的梁上诀别时，苏武拉着李陵的衣袖，哭尽眼泪，最后血都哭出来了。这说明苏武和李陵的关系一直很好。

郭昌与托克托

"风从历史的深处吹来,带着旧时的味道,从公元前3世纪庄蹻修建的苴兰城到公元765年的拓东城;从汉武帝征滇将军郭昌下令修筑的郭昌城到今天的新昆明——万事万物在这部亘古的时间简史中起落沉浮。"①

上面这段话中的郭昌,何许人也?竟然在汉代云南建了一座郭昌城,为什么要建这座郭昌城呢?

据《托克托县志》记载:"西汉郭昌,云中人,元封元年任授武将军。"②

郭昌,西汉云中人。汉武帝时期,他以校尉身份跟随大将军卫青北击匈奴。在与匈奴的战斗中,他冲锋陷阵,英勇杀敌,立下战功,晋升为将军,并以拔胡将军的身份屯朔方。

西汉时期,郭昌曾经三次征滇(今云南):

第一次是在汉武帝元封二年(公元前109年),第二次是在汉武帝元封四年(公元前107年),第三次是在汉武帝元封

---

① 引自黄玲的《故居遗韵》。
② 根据《资治通鉴》的记载,《托克托县志》中的"元封元年任授武将军"有误,应为"元封四年封拔胡将军"。

六年(公元前105年)。

到云南旅游时,导游会这样讲:"西汉元封二年,汉武帝派将军郭昌率巴蜀之兵临滇,设益州郡,下属24县,郡府设在滇池县(今晋宁县);云南是其中的一个县,县城设在今祥云县的云南驿。"

汉武帝元封二年,汉武帝命将军郭昌、中郎将卫广(卫青之弟)征滇。此后,汉军在距益州郡滇池县近百里的金马山山麓、黑土凹附近设郭昌(后改为谷昌)城,用以威慑诸部落,控制滇王尝羌。

在晋代,有一个史学家叫常璩。他是蜀郡江原(今四川省成都市崇州市)人,写了一本《华阳国志》。常璩在《华阳国志·南中志》中讲道:"谷昌县,汉武帝将军郭昌讨夷平之,因名郭昌以威夷,孝章时改为谷昌也。"

郭昌不仅打仗有本事,在治理黄河的过程中表现得也很出色,历史记载了他两次治黄经历。

第一次治黄经历:

汉武帝元封二年,汉武帝命郭昌主持治理黄河。郭昌与汲仁调发数万兵民堵塞黄河瓠子口①决口,堵塞成功。

在这次堵塞决口的战斗中,汉武帝不仅亲临督视,而且还命令群臣自将军以下皆负薪②,去参加堵塞黄河瓠子河段决堤的战斗。

历史上著名的"黄河瓠子堵口",是以竹为桩,填充柴草、

---

① 瓠子,古地名,亦称瓠子口,在今河南省濮阳县西南。
② 负薪,背着柴草。

土石,层层夯筑,最终堵塞成功。

皇帝亲临治水现场。为此,汉武帝曾作《瓠子歌》以纪其事,并在堵口处修筑"宣防宫"以做纪念。

在这次堵塞黄河决口的战斗中,司马迁也负薪参加了。汉武帝元封二年,司马迁37岁,为郎中。春,司马迁随汉武帝到缑氏(今河南省洛阳市偃师区),又到东莱。四月,黄河决口,司马迁又随汉武帝至濮阳瓠子决口处,与群臣负薪堵塞黄河决口。

第二次治黄经历:

汉宣帝时,郭昌任光禄大夫,奉命巡视黄河,于东郡(治濮阳,辖22个县)修渠,泄洪灌溉,百姓安之。

据《汉书·沟洫志》记载,在汉宣帝地节年间(公元前69—前66年),光禄大夫郭昌主持治河,当年黄河"北曲三所。水流之势皆邪直贝丘县。恐水盛,堤防不能禁,乃各更穿渠,直东,经东郡界中,不令北曲。渠通利,百姓安之"。

从中可知,黄河北流有三段曲折之处,水流都会冲刷贝丘县境内的堤岸。担心发洪水时,堤岸抵挡不住,就让各处修建水渠,裁弯取直,导其东流。流经东边郡县,不让河水向北流。河渠导流使黄河顺东而下,两岸百姓从此平安幸福。

贝丘县(今山东省临清市南)当时在黄河北岸,属清河郡。黄河3个弯道都顶冲北岸,于是在南岸东郡界内的滩地上另开3条引水河渠,以改善贝丘县堤防被顶冲的不利形势。

为了避免水流顶冲,人们必须有针对性地开渠引河,实施治黄工程的综合利用。这种做法最早始于西汉的光禄大夫郭昌。

附:汉武帝刘彻的《瓠子歌》

其一

瓠子决兮将奈何? 皓皓洋洋,虑殚为河。

殚为河兮地不得宁,功无已时兮吾山平。

吾山平兮钜野溢,鱼沸郁兮柏冬日。

正道弛兮离常流,蛟龙骋兮方远游。

归旧川兮神哉沛,不封禅兮安知外!

皇谓河伯兮何不仁,泛滥不止兮愁吾人!

啮桑浮兮淮、泗满,久不反兮水维缓。

译文:

瓠子决口没法想啊,城镇村落一片汪洋!

锦绣田园不得安宁,堵口失败尽皆扫荡;泛滥的黄河水把鱼山都淹没了,巨野泽也成了一片汪洋,水阔鱼跃寒冬怆怆。

黄河脱离故道四处泛滥。河神啊,你老人家还是回去吧,顺着原来的河道顺畅地奔腾吧!

不祭祀天地还不知道你河神已经脱离故道了吧?

河神为何如此残忍,泛滥成灾朝野惆怅!

淮河泗水都被殃及,水退却慢得令人心慌!

其二

河汤汤兮激潺湲,北渡回兮迅流难。

搴长茭兮湛美玉,河伯许兮薪不属。

薪不属兮卫人罪,烧萧条兮噫乎何以御水!

隤林竹兮揵石菑,宣防塞兮万福来。

译文:

黄河汹涌水急浪大,向北过大水塘也水流湍急危险重重。

在船上拽着草绳、竹索到河心沉玉祭祀河神,决心封堵黄河决口,河神同意了,可堵缺口的柴草供不上。

柴草供不上是当地人(卫地)的罪过,他们把柴草做饭取暖都烧掉了,现在拿什么东西堵黄河缺口!

我下令把淇园的竹林全部砍掉,做成草垛钎杆打入河底建筑水坝,终于堵住了黄河几十年的决口。

在这里建造宣防宫,为亿兆黎民带来福运!①

---

① 北京大学杜若明教授增补校对。

"欧脱"与托克托

其实,"欧脱"是个地理概念,并非人之姓名。关于"欧脱"一词,历代学者文人对它有不同的解释:有人说它是"界上屯守处",有人说它是"境上斥候之室",还有说它是"境上候望之处",更有人说它是"作土室以(窥)伺汉人"。

笔者认为,欧脱是匈奴语"边界"的意思,是缓冲地带,类似今天的边防线,但比今天边防线的缓冲地带要宽得多。

云中郡是汉与匈奴经常发生战争的地方,在它的北部与匈奴有很长的欧脱地带。匈奴除了在南边与汉朝有欧脱地带以外,在东边与东胡也有欧脱作为缓冲地带。

据《汉书·匈奴传》记载:汉宣帝地节二年秋,匈奴有一支叫"西嗕"的部落,趁匈奴衰弱、属国瓦解的机会,在其首长的带领下,数千人南下投奔汉朝。

据《史记·匈奴列传》记载:西嗕归汉是从"左地"南下的,其地直接面对云中郡。由此可知,西嗕此次入汉所经地区就是汉朝云中郡北边的欧脱地带。

因为匈奴与汉朝边界处有欧脱地带,而且欧脱地带靠近匈奴一方,常年驻有匈奴兵,所以西嗕南下时遭到匈奴兵的阻拦,双方发生激烈的战斗。最终,西嶂把匈奴的边防部队打败了,再后来,经过云中郡安全地到达汉朝。

据《汉书·苏武传》记载,李陵至北海告诉苏武:"欧脱捕得云中生口①,言太守以下吏民皆白服,曰上崩。"

李陵是兵败投降匈奴的汉将,此时苏武因出使匈奴而被单于扣留在北海上。李陵的这段话意思是:在云中郡的边界处捕得一汉人,得知汉武帝去世的消息。

汉武帝天汉元年(公元前100年),苏武奉命以中郎将持节出使匈奴而被扣留。匈奴贵族多次威胁利诱欲使其投降,后将他送到北海牧羊,扬言要公羊生子方可释放回国。苏武历尽艰辛,留居匈奴19年持节不变。汉昭帝始元六年(公元前81年),方获释回汉。

李陵,西汉名将,飞将军李广的长孙。汉武帝天汉二年(公元前99年),也就是苏武出使匈奴的第二年,跟随贰师将军李广利出征匈奴,率5000名步兵与8万匈奴兵战于浚稽山,终因寡不敌众而投降。后来,迎娶单于的公主为妻,被封为右校王,管理坚昆地区。

李陵与苏武是好朋友,两人曾一同担任侍中。匈奴单于听说两人有交情,于是派李陵劝降苏武。

苏武正色道:"我苏家历代受国家恩养,必当不辱使命效忠国家。"李陵被苏武的坚贞不屈所感动,长叹道:"唉!真是义士!我和卫律的罪过简直比天还高。"

之后,李陵流泪与苏武话别。

---

① 生口,俘虏。

　　苏武在匈奴被困19年,尽管孤独寂寞,连旄节上的毛都掉光了,但持节不变。他始终希望有一天能回到长安,见到自己久别的妻子。

　　固作《留别妻》一诗:

　　结发为夫妻,恩爱两不疑。
　　欢娱在今夕,嫣婉及良时。
　　征夫怀远路,起视夜何其?
　　参辰皆已没,去去从此辞。
　　行役在战场,相见未有期。
　　握手一长欢,泪为生别滋。
　　努力爱春华,莫忘欢乐时。
　　生当复来归,死当长相思。

　　附:唐代诗人刘湾的一首诗《李陵别苏武》:

　　汉武爱边功,李陵提步卒。
　　转战单于庭,身随汉军没。
　　李陵不爱死,心存归汉阙。
　　誓欲还国恩,不为匈奴屈。
　　身辱家已无,长居虎狼窟。
　　胡天无春风,虏地多积雪。
　　穷阴愁杀人,况与苏武别。
　　发声天地哀,执手肺肠绝。
　　白日为我愁,阴云为我结。

生为汉宫臣,死为胡地骨。

万里长相思,终身望南月。

常惠与托克托

据《托克托文物志·托克托县境历代政权部分官员表》记载："常惠，西汉云中太守，任职于武帝元朔中。"

大家都知道"苏武牧羊"的故事，对苏武也非常熟习。但与苏武一起出使匈奴，作为苏武副手的常惠，大家不一定知道。

常惠，太原郡人。他幼年时期是在贫穷困顿中度过的，贫苦的生活不但没有使其失去生活的勇气，反而造就他沉着机敏、谦恭好学、寡言语而有决断的性格。常惠家非常贫穷，于是他自告奋勇去应募①。

汉武帝元朔年间（公元前128—前123年），常惠接替前任遂成云中郡太守。

汉武帝天汉元年（公元前100年），常惠自告奋勇跟随当时身为"栘中厩监"②的苏武出使匈奴，身份是苏武的副使。

苏武与常惠等出使匈奴后，匈奴单于欲以高官厚禄拉拢苏武和常惠归顺匈奴，但二人不辱使命，不失气节，义正词严

① 应募，参军。
② 栘中厩监，管理栘中厩的官。汉代有栘园，栘园中的马厩叫栘中厩。

地予以拒绝。

匈奴为了消磨苏武和常惠的意志,对他们分而管理:拘遣苏武于北海(今贝加尔湖一带)牧羊;囚常惠于牢中,并以繁重的苦役折磨他,妄图使他屈服,背叛汉廷。

如果说苏武在北海受的是饥寒困顿、罕见人间烟火之苦,那么常惠此时已沦为匈奴达贵的奴隶,完全丧失了做人的自由。

然而,常惠始终不忘自己是堂堂的大汉使节,苦愈重而志愈坚。他严格恪守自己崇尚的"士可杀而不可辱"的气节和信念,挫败匈奴人多方面的威胁、利诱和欺骗,坚持19年而不屈。

汉昭帝继位后,匈奴与汉朝一度恢复和好的关系。这时,汉廷要求放还被扣留多年的苏武等人。匈奴不同意,便谎称苏武已经死了。

后来,汉朝又派使臣到匈奴。常惠得知这一消息后,便抓住时机,想办法说通了看守他的匈奴人,让对方带他趁夜悄悄见到汉朝的使臣,并告知苏武及自己被囚禁的情况。常惠教给使臣密计:就说皇上在上林苑看到有鸿雁传来的书信,信上讲到苏武仍然在世,并且一直留在匈奴。通过揭露这个秘密,去责备撒谎的匈奴单于。

第二天,照常惠的计策,汉使对匈奴单于的一番话刚说出口,单于果然大惊,非常惭愧,终于承认苏武还在世,而且就在北海放牧。常惠的这一计策,既挽救了苏武,也救了自己。这就是史书上讲的"夜见汉使"与"教使者谓单于"。

回到汉朝后,常惠被封为光禄大夫,以示表彰。

后来,常惠被汉宣帝派往西域,解决乌孙面临的危机。当时,西域的车师与匈奴以联合打猎为名,欲侵略乌孙。在惊恐中,嫁于乌孙的解忧公主和乌孙国王昆弥上书汉廷请求援兵。

据《汉书·宣帝纪》记载:汉朝兵分五路进攻匈奴。这五路人马分别是:祁连将军田广明,蒲类将军赵充国,虎牙将军田顺①,度辽将军范明友②,前将军韩增,一共15万骑兵。

从上述五路人马的将领看,两路将军曾任云中太守,加上曾任云中太守的常惠,共有三人与云中郡有渊源。由此可见,云中郡在汉代的重要地位。

汉军西进,吸引了匈奴的主力。随后,常惠率部分汉军及乌孙国王的5万人马,大获全胜。据《汉书·常惠传》记载,共斩获"单于父行及嫂居次,名王骑将以下三万九千人,得马、牛、驴、骡、橐驼五万余匹,羊六十万余头"。

此役后,常惠被封为长罗侯。

回到朝廷没多久,常惠再度出使乌孙国,代表汉廷赏赐乌孙人。

据《汉书·常惠传》记载,常惠临走前向皇帝提了一条建议:我去乌孙国,要经过龟兹国,当年龟兹国杀害过汉朝校尉,我是不是借这个机会把仇报了?

当时汉宣帝不想多事,没有同意常惠的建议,但大将军霍光悄悄吩咐常惠"便宜行事"。

常惠前往乌孙时携带了大量的财宝,先办正事,没有对龟

---

① 虎牙将军田顺,汉宣帝时,被任命为云中太守。
② 度辽将军范明友,汉宣帝本始二年(公元前72年),被任命为云中太守。

兹动手。赏赐完乌孙人之后,常惠开始周游西域列国,一方面宴请各国要人,一方面赏赐财宝。

待返程的时候,对付龟兹的策略也就酝酿出来了:常惠调动龟兹以西国家的军队2万人,调动龟兹以东国家的军队2万人,再加上乌孙的军队7000人,三面合围龟兹。

大军压境之下,惊恐万状的龟兹国王赶紧讨饶,把杀害汉将的黑锅扔在一个名叫姑翼的大臣头上。

常惠斩杀了被送来的姑翼,放过龟兹,遣散了各国军队,踏上回国的路程。

没过多久,苏武年老,力衰而卒。常惠便接替苏武的典属国之职,专门处理国家的外交事务,成为西汉时期著名的外交活动家,为处理汉朝与西域各国和北方匈奴诸部族的外交关系,潜心尽职,功绩卓著。东汉著名史学家班固在其所著的《汉书·常惠传》中高度评价常惠:"明习外国事,勤劳数有功。"

常惠数次出使西域,击败长期控制西域的匈奴,并团结乌孙、莎车、疏勒等国,打败龟兹,使丝绸之路进一步畅通,中西商旅往来不绝,也促成了龟兹与汉的联系。后来,在龟兹王绛宾——解忧公主的大女婿的支持下,汉朝在龟兹东边的边防重镇乌垒(今新疆维吾尔自治区轮台县东北)设立西域都护府。

据《国宝档案》介绍:在甘肃省,有一个汉代的官方机构,叫"悬泉置",这是设在丝绸之路上能容纳1000多人的客栈,是常惠出使西域时吃住的地方。

王昭君的儿女与托克托

　　王昭君的儿女们,在今内蒙古自治区托克托县及周边地区曾经历了哪些鲜为人知的事件? 发生过哪些故事呢?

　　王昭君,于汉元帝竟宁元年(公元前33年)出塞。《后汉书·南匈奴列传》描述当时的情景:"昭君丰容靓饰,光明汉宫,顾景裴回,竦动左右。"也就是说,在匈奴呼韩邪单于的临别大会上,王昭君容貌丰美,服饰漂亮,使汉宫因之增光、生色;顾影徘徊,使左右为之肃然起敬。

　　当年,王昭君随同匈奴呼韩邪单于回到漠北单于庭,被封为"宁胡阏氏①"。

　　汉成帝建始二年(公元前31年),呼韩邪单于死后,汉成帝敕令王昭君"从胡俗"。于是,王昭君再嫁呼韩邪的儿子复株累单于②。

　　王昭君在匈奴时,一共生一男二女:儿子叫伊屠智牙师,是她与呼韩邪单于所生,后为右日逐王;大女儿叫云,是她与

---

① 阏氏,匈奴单于及诸王妻的统称。
② 《后汉书·南匈奴列传》记载:"及呼韩邪死,其前阏氏子代立,欲妻之,昭君上书求归,成帝敕令从胡俗,遂复为后单于阏氏焉。"

复株累单于所生,云后来嫁给右骨都侯须卜当,故称须卜居次;二女儿也是她与复株累单于所生,因二女儿嫁给当于氏,故称当于居次。

王昭君和她的儿女们为维护汉匈关系做出巨大贡献,使汉匈关系稳定了半个多世纪,边境得以安宁,百姓得以安生。

在维护汉匈关系的半个多世纪中,王昭君和她的儿女们经历了许多坎坷。《王莽与托克托》中讲:"西汉后期王莽专权改朝换代(公元9—23年),给云中郡这片土地上的人们带来许许多多的麻烦,甚至危及生命和财产安全。"

据《汉书·匈奴传》记载,公元11年,王莽命令中郎将蔺苞、副校尉戴级率领1万骑兵,携带大量金银财宝前往云中边塞,招诱匈奴呼韩邪单于的儿孙们,打算按照顺序封他们为15个单于。蔺苞和戴级先派翻译出塞,将左犁污王栾提咸及栾提咸的儿子栾提登、栾提助三人,诱骗到云中塞。他们用威胁利诱等手段,封栾提咸为孝单于,栾提助为顺单于,同时给他们厚重的赏赐,并用朝廷驿车把栾提登和栾提助接到长安。

另,据《匈奴史》记载:"考汉云中塞在今内蒙古托克托县北,王莽使翻译官出塞便能把左犁汙王咸[①]和他的两个儿子招呼入塞,则咸的驻牧地在云中塞外不远,就十分清楚了。大约今内蒙古托克托县北部——呼、包二市及乌兰察布市、乌兰察布市东旧察哈尔盟一带(即姑夕王驻牧地的西南部),都是左犁汙王咸的驻牧地。"

由于王莽对匈奴采取极端错误的政策,激起匈奴的不

[①]"汙"同"污";栾提咸即咸。

满。匈奴单于遍告左右部及诸边王入塞侵扰,杀死雁门、朔方两郡的太守、都尉,并掳掠吏民、牲畜不计其数。

在汉匈关系恶化的关键时刻,王昭君的大女婿右骨都侯须卜当——当时为匈奴执政大臣,与其妻云,试图设法挽回这种濒于破裂的匈汉关系。于是,右骨都侯须卜当与云拥立左犁污王栾提咸为匈奴乌累单于。当时,左犁污王栾提咸的驻牧地在今内蒙古自治区托克托县北。

同时,在右骨都侯须卜当与云的策划和努力下,在匈奴乌累单于的主动争取下,汉匈再次和亲。当时汉朝任用的和亲侯王歙是王昭君兄长的儿子,与云是姑表亲,此后汉匈关系开始好转。

昭君出塞,播下汉匈和平友好的种子,因而在她死后,她的孩子们秉承她平生之志,继续为汉匈和平友好而努力奔走。

在王昭君的后代中,为汉匈和平友好发展做出贡献的有:须卜居次云、须卜当、大且渠奢(王昭君之外孙,须卜居次之子)、醯椟王(王昭君之外孙,当于居次之子)、王歙、王飒(王昭君之侄,王歙之弟)。

王昭君的历史功绩,不仅是她当年毅然决定嫁给呼韩邪单于,并在呼韩邪单于死后,遵汉成帝敕令“从胡俗”,更是在此后的岁月中坚定地维护汉匈关系的稳定与发展,从而使沿边百姓得以安居。这得需要多大的胆量、胸怀和智慧啊!

“云中丞印”与托克托

呼和浩特地区建城最早的，既不是辽代的丰州城，也不是明代的归化城，而是春秋战国时期的云中城。

西汉时期，在今内蒙古自治区托克托县建立了两个县，一个叫云中县，一个叫沙陵县。“云中丞印”是从沙陵县城出土的云中县丞的官印。据《托克托文物志》记载：西汉时期，“云中郡，有38330户，173270人。县十一，云中、咸阳、陶林、桢陵、犊和、沙陵、原阳、沙南、北舆、武泉、阳寿。其中，云中、沙陵、阳寿、桢陵、武泉诸县治皆在托克托县境。”“到了东汉初年，汉王朝省并郡县，云中郡属十一县省并为云中、咸阳、箕陵（西汉之桢陵）、沙陵、沙南、北舆、武泉、原阳八县。”

一、云中古城

《资治通鉴》卷三，“周纪”赧王四年援用《虞氏记》著述：赵武侯自五原河曲筑长城，东至阴山，又于河西造大城，一箱崩，不就，乃改卜阴山河曲而祷焉。昼见群鹄游于云中，徘徊经日，见大光在其下，乃即于其处筑城，今云中城是也。

云中城为赵武侯于公元前399至前387年建造。

据《史记·匈奴列传》记载：赵武灵王十九年，"变俗胡服，习骑射，北破林胡、楼烦。筑长城，自代并阴山下，至高阙为塞，而置云中、雁门、代郡"。云中郡治在云中城。

秦代仍置云中郡，领云中、武泉二县，汉代云中郡辖十一县，郡治仍在云中县。

云中郡故城遗址四墙明显，周长约8000米，每面城墙约2000米，大约是归化城的6.7倍，因此《虞氏记》讲到"造大城"。

二、沙陵故城

沙陵故城位于今内蒙古自治区托克托县哈拉板申村东北，故城遗址周长约2000米，城内东北角有一座小城，周长约880米，是它的子城。据《托克托文物志》记载："沙陵故城遗址位于哈拉板申村东北，地形东高西低，全城呈方形，周长525米。"①

据《绥远通志稿·古迹》记载："沙陵故城，亦汉云中郡属县，古称沙陵湖，今虽不存，然县或即以斯湖得名也。"

王莽始建国三年（公元11年），王莽将云中郡的云中县改为远服县，沙陵县改为希恩县。

1974年，在沙陵故城城址东侧的田地里发现一方官印，名叫"云中丞印"，现收藏于托克托县博物馆。

---

① 笔者认为"周长525米"有误。

三、云中丞印

云中丞印,红铜质,正方形,龟钮。边长2.4厘米,厚0.5厘米,通高1.4厘米。印文为"云中丞印"四个篆字,阴刻,白文,无边框。印文字体端正、古朴,分上下两行,从右至左排列,这种排列形式在汉印中少见,最常见的是右左两行。

汉朝,云中郡管辖11个县,云中县是其中之一,云中丞印就是云中县丞之印,属东汉时期官印。①

云中丞是云中令下设的辅官,为副职,相当于今天的副县长。为什么云中县丞之印出现在沙陵县的故城呢?

四、云中丞印的传说

传说,东汉时期,云中郡云中县丞落难逃到沙陵县,不久在沙陵县寿终正寝,而随身携带的云中丞印也落在沙陵县城。笔者对这个传说有如下两个疑问:

云中县丞为何在沙陵县寿终正寝?云中县丞是沙陵县人氏?

---

① 东汉云中郡省并为8个县,郡治仍在云中县。

裴岑与托克托

　　在新疆维吾尔自治区博物馆里陈列着一块碑,碑的名字叫《敦煌太守裴岑纪功碑》。碑高139厘米,宽61厘米,碑文共6行,每行10字,共计60字。

　　看到这段文字,我们不禁要问:敦煌太守裴岑为何许人也? 碑上刻的内容是什么? 为何陈列在新疆维吾尔自治区博物馆?

一、敦煌太守裴岑为何许人也?

　　裴岑,云中郡人,东汉名将,曾任敦煌太守。东汉顺帝永和二年(公元137年),裴岑率本郡三千兵马出击北匈奴,斩杀呼衍王,取得40年来汉朝在这个地区的一次重大胜利,赢得该地区13年的安定局面。

二、碑上刻的内容是什么?

　　《敦煌太守裴岑纪功碑》立于东汉顺帝永和二年,记述东

汉敦煌太守裴岑之战功事略,全文如下:

"惟汉永和二年八月,敦煌太守、云中裴岑,将郡兵三千人,诛呼衍王等,斩馘部众,克敌全师。除西域之灾,蠲四郡之害,边竟艾安。振威到此,立德祠以表万世。"

该碑译文如下:东汉永和二年八月,敦煌太守、云中人裴岑率敦煌郡守军三千人征讨呼衍王等匈奴部众,杀死众多敌兵,最终消灭敌人,保全自己。只此一役,除掉西域的大患,消除州郡的威胁。从此,边境安定,裴将军威名大震。因而,建功德祠颂扬裴将军之功,美名万世流传![1]

事情的经过是这样的:东汉中期,自从班勇再次通西域以后,西域各国皆内附。再往后,葱岭以西诸国与汉朝的关系日渐疏远,东汉势力也退缩到葱岭以东。

之来,北匈奴的主力逐渐西迁,留下残部做最后的挣扎,匈奴呼衍王屡次侵犯车师(今新疆维吾尔自治区吐鲁番西北),均未得逞。

东汉顺帝永和二年八月,裴岑率敦煌郡守军3000人,大破北匈奴于蒲类海(今新疆维吾尔自治区巴里坤湖),诛杀呼衍王等部众,未损一兵一卒而取胜。

三、为何陈列在新疆维吾尔自治区博物馆里?

清代学者牛运震在《金石图》中讲道:"碑在西塞巴尔库尔城(今新疆维吾尔自治区巴里坤哈萨克自治县)西五十里,地

---

[1] 北京大学杜若明教授译。杜教授,云中人也。

名石人子,以碑上锐下大,孤筍挺立,望之如石人故也。雍正七年(1729年)大将军岳钟琪移置将军府,十三年(1735年)撤师,又移置汉寿亭侯庙①。"

清代学者王昶在其收罗历代碑刻拓本而编成的《金石萃编》一书中讲道:《敦煌太守裴岑纪功碑》"在巴里坤城西北三里关帝庙前。巴里坤今已译改为巴尔库尔,亦为巴尔库勒,于前汉为匈奴东蒲类王兹力支地,后汉属伊吾卢地,后魏属蠕蠕,隋属伊吾郡,后入突厥,唐属伊州伊吾县,明属瓦剌,详见《钦定西域图志》中。其地西北山麓,槛泉竞发,分为三支,汇入于巴里坤淖尔,即汉蒲类海也(今名巴里坤湖,汉称蒲类海)。碑称永和二年,为后汉明帝(误,实为顺帝)十二年,史传不著其事,盖当时敦煌郡人为裴岑建祠而立。"

《敦煌太守裴岑纪功碑》后移藏于新疆维吾尔自治区博物馆。

《敦煌太守裴岑纪功碑》笔势介于篆隶之间,用笔率直无波磔,是由篆变隶的典型过渡书体。康有为《广艺舟双楫》称其"古茂雄深,得秦相笔意"。

乾隆三十五年(1770年),状元毕沅跟随陕甘总督明山出关勘察屯田,有诗记录其事。现将其《观东汉永和二年裴岑纪功碑五首》择录其中两首如下:

其一

未必勋名卫霍如,简编失载亦粗疏。

---

① 汉寿亭侯庙,关帝庙。

我来不枉风霜苦,摭得遗文补《汉书》。

译文:也许裴岑的业绩功名比不上卫青、霍去病,因而史籍失载也是难免的疏漏。我冒着霜寒来这里也不是没有价值的,至少可以采录碑上残存的文字来弥补《汉书》的遗漏。①

其二

摩挲自剔土花青,篆法犹存旧典型。
为乞银光觅人拓,不辞独立夕阳亭。

译文:抚摸残碑,拂去千年的苔藓,篆刻的文字依旧散发着汉隶那古朴庄严的法度。为了用银光纸拓下它千年依旧的风采,我站在沙漠荒原的亭子下,独自迎着扑面的寒风。②
综上所述,云中人裴岑是一位被后代所敬仰的人。

---

① 北京大学杜若明教授译。
② 北京大学杜若明教授译。

张杨与托克托

在《三国演义》中讲到十八路诸侯讨董卓,他们分别是:第一镇,后将军南阳太守袁术;第二镇,冀州刺史韩馥;第三镇,豫州刺史孔伷;第四镇,兖州刺史刘岱;第五镇,河内郡太守王匡;第六镇,陈留太守张邈;第七镇,东郡太守乔瑁;第八镇,山阳太守袁遗;第九镇,济北相鲍信;第十镇,北海太守孔融;第十一镇,广陵太守张超;第十二镇,徐州刺史陶谦;第十三镇,西凉太守马腾;第十四镇,北平太守公孙瓒;第十五镇,上党太守张杨;第十六镇,乌程侯长沙太守孙坚;第十七镇,祁乡侯渤海太守袁绍;再加上曹操的本部兵马,共计18路诸侯。

我们着重谈谈第十五镇的上党太守张杨,正史和《三国演义》大体相同。

汉献帝初平元年(公元190年),张杨率军参加了以袁绍为首的山东诸侯组成的讨董联盟。

一、张杨与托克托

张杨,字稚叔,并州云中人。

现在,许多历史书籍中将"并州云中"说成是今山西省原平市西南,将张杨说成是今山西省原平市人。

笔者认为上述观点是错误的,张杨其实是今内蒙古自治区托克托县人,理由如下:

汉光武帝建武十六年(公元40年),东汉王朝变西汉郡县制为州、郡、县三级制,云中郡属并州。

原平至今已有2000多年的城治历史①。汉武帝元鼎三年(公元前114年)始置原平县,属太原郡;汉献帝建安十五年(公元210年)移置为云中县,属新兴郡;建安十八年复原平县,属雁门郡;三国时期仍为原平县,属雁门郡。从建安十五年移置为云中县,属新兴郡,到建安十八年(公元213年)复原平县,属雁门郡,云中县的称谓不到4年。

张杨于建安三年(公元198年)或建安四年(公元199年)去世,比原平县移置为云中县的时间还早10多年。因此,从时间上推断,张杨为并州云中人,即今内蒙古自治区托克托县人。

二、张杨与汉献帝

汉献帝兴平二年(公元195年),汉献帝因为李傕、郭汜作乱而流亡到河东。汉献帝想回洛阳,行到大阳,粮食耗尽,百官宫人吃草果充饥。张杨领兵前往救援,派数千人送去食物。到了安邑,被汉献帝封为安国将军,晋阳侯。

建安元年(公元196年),董承、杨奉、李乐、韩暹侍送汉献

---

① 原县址一直在今原平镇,后改为新原乡。

帝回洛阳,张杨携带粮食于回洛阳的路上迎接汉献帝。随后,汉献帝拜张杨为大司马。

三、张杨与曹操

汉献帝初平三年(公元192年),曹操遣从事王必从兖州出使朝见汉献帝,途经河内时被张杨拦阻。董昭对张杨说:"袁绍、曹操虽是同盟关系,但看情况是不可能长期联合下去的。曹操眼下虽然弱小,但不愧是一个英雄,应当找机会同他结交。何况现在机会就摆在眼前,应当加以利用,帮助曹操同朝廷接上关系,并上表举荐他。如果事情办好了,曹操是不会忘记您的好处的。"

张杨听后觉得有理,就立刻照办。曹操得知情况后,果然对张杨十分感激,特地给张杨送去金帛,张杨也派使者拜见曹操。

后来韩暹擅权弄国,董承秘密召兖州牧曹操①入宫勤王。曹操入宫后,弹劾韩暹与张杨之罪。汉献帝因韩暹、张杨有护驾之功,所以下令不再追究。

四、张杨与吕布

吕布(? —公元199年),字奉先,并州五原郡九原县人。《三国志》《后汉书》中皆有吕布传记,关于吕布的籍贯记载很

---

① 笔者认为,此时曹操自领的是兖州刺史。

明确："五原郡九原人也。"关于东汉的五原郡九原县,谭其骧先生认为就在今内蒙古自治区包头市。

汉献帝初平四年(公元193年),吕布投奔南阳袁术。袁术因吕布胡作非为而欲除之,吕布因害怕而投奔张杨。

当时李催、郭汜悬赏捉拿吕布,张杨部下都想杀掉吕布。吕布听说后,对张杨说:"我和你是同州人①,你若杀了我,对你并没有什么好处,不如把我活着交给李、郭二人,这样你也可以获得李、郭的恩宠。"张杨认为有道理,于是表面上答应李催、郭汜,实际上保护着吕布不受伤害。然而,吕布却信以为真,不久便投靠了袁绍。

汉献帝兴平元年(公元194年),袁绍暗中派人杀吕布。于是,吕布从袁绍处逃走,再次投奔了张杨。

汉献帝建安三年(公元198年),曹操围吕布于下邳(今江苏省徐州市睢宁县古邳镇)。

张杨与吕布的关系比较好,想要出兵相救却因实力不足而办不到,于是出兵东市(今河南省沁阳县东市),遥相呼应。不久,其部将杨丑杀张杨以应曹操,使曹操尽收其部。

五、评 价

《三国志》称:"张杨授首于臣下,皆拥据州郡,曾匹夫之不若,固无可论者也。"

---

① 同为并州人。

南匈奴与托克托

汉代的匈奴与今内蒙古自治区托克托县这片土地有着什么样的关系呢？这得从头说起。

据《汉书·匈奴传》记载："匈奴，其先夏后氏之苗裔，曰淳维……居于北边，随草畜牧而转移。""其俗，宽则随畜田猎禽兽为业，急则人习战攻以侵伐。"

"假如班固对此确有考据而不错的话，从《汉书·匈奴传》中可以看出匈奴是华夏之后，由于历史的演变，居住地区和生产生活条件不同，因此成了另一族，所以汉匈战争乃系同一祖先远方弟兄间的争斗也。"①

对此，林幹教授在《中国古代北方民族通论》中也提出相近的观点："根据史书的记载，匈奴族诞生的'摇篮'在今内蒙古河套及大青山一带。《汉书》卷二八《地理志》下所载五原郡稒阳县（今内蒙古自治区包头市境内）西北的'头曼城'就是当年匈奴的第一位单于（音蝉余，匈奴最高首领之义）——头曼单于的驻牧中心及以他为首的匈奴部落联盟的政治统领中心

---

① 引自《托克托县志》，1984年版，第9页。

的所在地。"

汉光武帝建武二十四年（公元48年），呼韩邪单于的孙子、王昭君的儿子右薁鞬日逐王比在匈奴南边八部奴隶主贵族大人的拥立下，立为南匈奴单于。

同时，右薁鞬日逐王比袭用其祖父呼韩邪单于的称号，向汉王朝请求内附，得到东汉朝廷的允许。同年，脱离蒲奴单于，并遣使到长安进贡，奉藩称臣，归附东汉。紧接着击破北匈奴，略地千里，从此，匈奴分裂为南匈奴和北匈奴。

汉光武帝建武二十六年（公元50年），光武帝派中郎将段郴、副校尉王郁出使南匈奴，准备将单于王庭设于五原郡（今内蒙古自治区包头市）西部塞80里处。

当时，南匈奴单于不想在五原郡设立王庭，所以迟迟没有迎接段郴、王郁等使者。同时，也没有接受汉廷的命令，于是段郴、王郁等只好返回长安复命。

后来，汉光武帝听从南匈奴单于的意见，又下诏令南匈奴入居云中。从这里，我们可以看出云中郡的重要性。

当年秋天，南匈奴单于送子入侍，汉光武帝赐南匈奴单于金玺、冠带、车盖、引箭等。调河东郡（今山西省西南部）干饭25000斛，牛羊36000头，给予赠济。

据《托克托文物志》记载："光武帝建武二十六年，派遣中郎将段郴授南单于玺绶，令其入居云中，始置使匈奴中郎将，将兵卫护之。"

从此以后，南匈奴的各部首领积极协助汉朝，"助为捍成","皆领部众,为郡县侦逻耳目"[1],标志着汉匈关系进入新时代,云中地区汉匈关系更为密切。

后来,汉匈关系从政治方面到军事方面成为牢固的整体。据《后汉书》记载,汉明帝永平五年冬(公元62年),"北匈奴六七千骑入于五原塞,遂寇云中,至原阳,南单于击却之"。

云中郡作为中国历史上的一个边疆重镇,许多民族在此活动。南匈奴入居云中郡以后,再一次体现出民族间的和谐与发展,同时也促进了民族间的经济与文化交流。

再后来,南匈奴单于王庭移建于美稷(今内蒙古自治区准格尔旗纳林古城)。同时,随南匈奴单于内徙的南匈奴各部又分别置于阴山以南和山西北部各郡。但云中郡始终具有漠南和北疆地区交通枢纽地位,仍然是当时大漠南北的重要交通干线。

写到这里,笔者想起董必武1963年到内蒙古自治区时创作的一首诗:

谒昭君墓

昭君自有千秋在,
胡汉和亲识见高。
词客各摅胸臆懑,
舞文弄墨总徒劳。

---

[1]《资治通鉴》卷八十九,《晋纪》十一。

笔者最后说明一点：在汉代，昭君墓这个地方归云中郡管辖。

三国两晋
南北朝时期

轲比能与托克托

三国时期,鲜为人知的轲比能曾与曹魏政权的人马大战于云中郡故城一带,而且长期生活在那里。

轲比能,何许人也?

在小说《三国演义》里,轲比能于第八十五回《刘先主遗诏托孤儿诸葛亮安居平五路》登场。司马懿向曹丕献计:"可修书一封,差使往辽东鲜卑国,见国王轲比能,赂以金帛,令起辽西羌兵十万,先从旱路取西平关。"

轲比能为了呼应曹丕五路进攻蜀汉的计划,与羌兵一起出征。后来得知镇守西平关的是令人闻风丧胆的"神威天将军"马超后,便不战而自行逃回。

清代史学家、思想家、方志学家章学诚(实斋)认为,《三国演义》"七分事实,三分虚构,以致观者往往为所惑乱"。那么,真实的轲比能是什么样的人呢?

据《东胡史》记载:汉灵帝元和四年(公元181年),鲜卑首领檀石槐死后,漠南自云中以东分裂为三个集团:一是檀石槐后裔步度根集团拥众万余落,据有太原、雁门一带;二是被称为"小种鲜卑"的轲比能集团,拥众十万余骑,据有高柳(今山西省阳高县)以东的代郡、上谷边塞内外各地;三是属于联盟"东部大人"所领的若干小集团,分布在辽西、右北平、渔阳塞外。

轲比能(2世纪? —235年),三国时期的鲜卑首领之一。他出生在鲜卑支部,因作战勇敢、执法公平、不贪财物,所以被鲜卑民众推举为大人。

轲比能把每次所得财物都公开透明地进行平均分配,所以部众都拼死效力,各部大人也都敬畏他。轲比能统率下的部众,战守有法,战斗力相当强。

因为鲜卑部落靠近边塞,自从袁绍占据河北后,中原有很多人投奔轲比能。轲比能抓住有利条件积极学习汉的先进技术和文化,促进了鲜卑的进步和北方的民族融合。

实力强大后,轲比能继续进行部落统一战争,于是建立起强大的鲜卑政权。

汉献帝建安十六年(公元211年),曹操西征关中十六路诸侯,田银、苏伯在河间反叛。轲比能率三千骑兵,随曹操的部下"护乌丸校尉"①阎柔平定叛乱。

据《东胡史》记载:黄初元年(公元220年),轲比能向魏文帝曹丕献马,曹丕封他为附义王。紧接着,轲比能又与曹魏政权展开互市贸易,并先后交还留居鲜卑的汉人1500余家。

魏明帝曹睿太和二年至青龙元年(公元228—233年),轲比能先后兼并"东部大人"所管辖的各小部及步度根集团,统一了漠南地区。当时除西部鲜卑外,原先联盟的东部和中部,

———————————————

① 护乌丸校尉,掌管少数民族地区的沿边屯军将领。

大体上都被他再度统一。从云中、五原以东抵辽水,皆为鲜卑庭。于是,以轲比能为首,在漠南地区重新建立起一个鲜卑部落联盟。

鲜卑的发展壮大对曹魏政权不利,因而曹魏政权对轲比能政权加以离间和征伐。

据《三国志》记载:魏文帝黄初六年(公元225年),并州刺史梁习出兵讨伐轲比能。其后牵招又亲率泄归泥等讨伐轲比能于云中郡故城。

牵招,三国时期曹魏名将,初入袁绍,后跟随曹操,与田豫常年镇守边陲。(据《初学记·卷十八》的《孙楚牵招碑》记载:"君与刘备少长河朔,英雄同契,为刎颈之交。因恐为时所忌,每自酌损,在乎季孟之间。"

牵招担任雁门太守、护鲜卑校尉期间,分化鲜卑及乌桓与轲比能之间的政权。他多次率领各部胡人攻打占据云中郡故城,并杀死轲比能的弟弟苴罗侯。针对轲比能已经占领云中郡故城的情况,牵招分析:如果轲比能越过句注山①(今太和岭)南下,雁门、太原诸郡便岌岌可危。于是,联络河西鲜卑蒲头等10多万家,缮治故上馆城(今代县上馆镇),置屯戍以镇内外,以防轲比能。

据《三国志》记载:魏明帝太和二年(公元228年),曹魏的护乌丸校尉田豫所派译使夏舍,被轲比能的女婿郁筑鞬所杀。秋天,田豫亲率西部鲜卑蒲头、泄归泥讨轲比能和郁筑鞬

---

① 句注山,也被称为陉岭、雁门山;明朝之前,旧雁门关在西陉关,北口为白草口,南口为太和岭口。

于云中郡故城,大破之。

田豫,三国时期曹魏将领,初从刘备,后跟公孙瓒,公孙瓒败亡后,加入曹操阵营。魏文帝时被朝廷任命为持节、护乌丸校尉。

魏明帝太和二年,田豫派遣翻译官夏舍到郁筑犍部落,打算挑拨两个部落的关系,不料郁筑犍不为所动,并将夏舍杀害。这年秋天,田豫统率西部鲜卑蒲头、泄归泥出塞讨伐郁筑犍,于云中郡故城大获全胜。

但在回军途中发生意外:田豫率兵返回马邑故城后,轲比能率领3万骑兵赶到,将田豫层层包围。虽经数次激战,但田豫仍未能突出重围,被困马邑故城七天。幸好远在洛阳的魏明帝曹睿听从中书令孙资的建议,派出上谷太守阎志前去解围。

上谷太守阎志,是阎柔的弟弟,历来为鲜卑人所信任。经阎志前往解释劝说,才为田豫解围。

魏明帝太和五年(公元231年),蜀汉丞相诸葛亮再出祁山,北征曹魏,与轲比能串通,兵屯石城,遥相呼应。魏明帝曹睿命牵招适时进讨,诸葛亮退兵后,轲比能回到漠南。

此后,轲比能的部落联盟越来越强盛。据《三国志》记载:魏明帝青龙三年(公元235年),深感威胁的曹魏政权让幽州刺史王雄派刺客韩龙将轲比能刺杀。轲比能建立的鲜卑政权立刻瓦解,鲜卑再次陷入混乱。

什翼犍与托克托

拓跋什翼犍，十六国时期代国君主，北魏皇帝先祖。

东晋成帝咸和四年（公元329年），拓跋什翼犍的长兄拓跋翳槐继位。同年，拓跋翳槐派什翼犍到后赵都城（邺城，今河北省邯郸市临漳县）作人质，请求和好。随同拓跋什翼犍前往后赵的有5000多户。拓跋什翼犍在后赵一住便是10年。

东晋成帝咸康四年（公元338年），拓跋翳槐去世，19岁的拓跋什翼犍回国，继承王位于繁峙（今山西省繁峙县）之北，国号"代"，年号"建国"。

拓跋什翼犍在后赵当质子的10年间，深受中原汉文化的影响，并学会不少中原的典章制度。当拓跋什翼犍执掌拓跋部后，任用汉人为官，效法中原王朝，建国号，设官职，制法律，推进拓跋部的封建化进程。

东晋成帝咸康五年（公元339年），拓跋什翼犍设置百官分管政务。拓跋什翼犍还以代郡汉人燕凤为长史，许谦为郎中令，其余官职及名号多仿晋朝。又制定法律，规范对反逆、杀人、奸盗等各种罪刑的处罚，百姓安居乐业。此时，代国东至濊貊，西至破落那，南距阴山，北达沙漠，全部归服，拥众数十万。

在拓跋什翼犍请燕凤当长史的时候，曾经发生过这样的故事：代人燕凤，自幼好学，博通经史，明习阴阳谶纬。拓跋什翼犍素闻其名，以礼相邀，但燕凤不肯受聘。什翼犍大怒说："我看得起你，请你帮我治国。真不识好歹，不受抬举，敬酒不吃，吃罚酒，得让你就范！"

什翼犍发大军，进围代城，对城内喊话："快把燕凤交出来，不然的话，破城后把你们全部杀死。"城内民众听后慌恐万状，慑于惧怕，规规矩矩地把燕凤交到军中。

拓跋什翼犍置酒盛情款待燕凤，曲膝交谈。交谈中，燕凤被拓跋什翼犍敬佩得五体投地，紧接着燕凤被拓跋什翼犍任命为左长史，参与国家大事的决策。

东晋哀帝兴宁三年（公元365年），即代建国二十八年，前秦苻坚建元元年，前秦国王苻坚派牛恬出使代国。次年，以礼相还，代国派燕凤出使秦国到达长安。

前秦国王苻坚问燕凤："你们代主是何等人？"

燕凤回答说："代王宽厚和顺，仁而爱人，深谋远虑，满腹经纶，一世英雄之主，常有吞并天下之志。"

苻坚听到"吞并"二字，很不舒服，接着说："像你们这些北方人，没有坚甲利器，对软弱就进攻，碰到强手就退却逃跑，那能谈得上吞并天下呢！"

燕凤针锋相对地说："北方人剽悍，跨鞍上马，手挥武器，驱驰如飞。我主雄姿英隽，率服北土，控弦百万，号令如一。军队没有车辆辎重载运的拖累，行动迅速方便，矫健敏捷，从敌人那里夺取给养。这也就是南方常感疲惫而北方所以常胜。"

东晋成帝咸康六年（公元340年），拓跋什翼犍听从母亲的话，把代国的都城建在云中故城，并在云中故城东40里建盛乐宫，即云中宫。

东晋成帝咸康八年（公元342年），拓跋什翼犍驾临参合陂（今内蒙古自治区东晋成帝咸康八年，即凉城县东北岱海）。七月初七，各部落齐聚，筑起高台，举行比武大会，此后便形成一种制度。八月，拓跋什翼犍返回云中。

当时，代政权的疆域，大约跨有今内蒙古自治区中南部和山西省北部。①

拓跋什翼犍时期，南匈奴后裔铁弗刘虎之孙刘卫辰雄踞朔方塞外（今内蒙古自治区河套一带），部落有1000多户，控地东西千余里，势力较强，而且疆域与代及前秦都很近，故代王拓跋什翼犍和前秦王苻坚都想拉拢和控制他。

拓跋什翼犍曾多次从黄河的君子津渡河作战：

代建国二十八年正月，刘卫辰背叛代国，依附前秦。拓跋什翼犍率军东渡黄河讨伐刘卫辰，刘卫辰因恐惧而逃走。

东晋海西公太和二年（公元367年），拓跋什翼犍率军攻打刘卫辰，大军从云中出发，西击朔方，从君子津过黄河。

当时黄河尚未封冻，拓跋什翼犍派兵用苇子编成粗绳以阻挡流动的冰块。不久，分散的冰块连在一起，但不甚坚固。于是，拓跋什翼犍又命人把苇子散在冰上，待气温下降，冰和苇便冻在一起，如同浮桥，大军顺利渡过黄河。

---

① 什翼犍时的疆域。《魏书·序纪》及《资治通鉴·晋纪》所载俱有出入。此处以他当时能够实际控制的地区为准。

当代国的军队突然出现在刘卫辰面前的时候,他猝不及防,不敢交战,率领兵众、族人西逃。在仓皇中,丢下十分之六七的部落被拓跋什翼犍收编。拓跋什翼犍返回代国,刘卫辰逃奔前秦。

后来苻坚把他送还朔方,并派兵戍守朔方加以护卫。

东晋孝武帝宁康二年(公元374年),拓跋什翼犍又从君子津渡河西征刘卫辰,刘卫辰南走,向前秦苻坚求援。

东晋孝武帝太元元年(公元376年),前秦苻坚发幽、冀、并三州兵计30万,以刘卫辰为向导,分东、南、西三路合击代国。

前秦苻坚封大司马苻洛为北讨大都督,率幽、冀兵十万,正面进攻代国,另派镇军将军邓羌,前将军朱彤,前禁将军张蚝,尚书赵迁、李柔等率步骑20万从东、西进攻代国。苻洛的大军就驻扎在君子津一带,直逼代国南部边境。

拓跋什翼犍派出抵御的军队连连失败,鲜卑白部和独孤部迎击前秦军,结果全部战败。最终代国南部统帅刘库仁退回云中郡,拓跋什翼犍又派刘库仁率10万骑兵在石子岭迎战,结果又失利。

当时,拓跋什翼犍患病在身,群臣无人可担当重任,于是率领国人避难于阴山之北。后因遭到驻牧在那里的高车部落所侵扰,不得驻牧。待前秦军稍退,拓跋什翼犍方才返回漠南,十二月,抵达云中郡。

就在敌军大兵压境的时候,代国却发生了内讧。回到云中十二天后,拓跋什翼犍的长子拓跋寔君叛乱,杀死了拓跋什翼犍,拓跋什翼犍当年57岁。

拓跋什翼犍被杀的消息传到前秦军中后，秦将李柔、张蚝即刻发兵攻至云中郡，代国部众纷纷逃散，至此代国灭亡，其辖境并入前秦。

拓跋什翼犍的孙子、太子之子拓跋珪因躲避于舅父家中，幸免于难。

苻坚听从拓跋什翼犍长史燕凤的建议，划分代境为二部，黄河以东云中、雁门一带归属独孤部刘库仁，黄河以西朔方一带归属刘卫辰，各拜官爵，使统其众。

淝水之战后，前秦兵败国衰，拓跋珪在其舅父的帮助下，重建代国。之后，历经苦战，统一了中国北方，建立了北魏王朝。

东晋安帝隆安二年（公元398年），拓跋珪把都城从云中迁到平城。

北魏道武帝拓跋珪即位后，追谥拓跋什翼犍为昭成皇帝，庙号高祖。

最后，我们以拓跋什翼犍的十四世孙元稹的一首诗《离思》来结束此文：

曾经沧海难为水，除却巫山不是云。

取次花丛懒回顾，半缘修道半缘君。

北魏明元帝与托克托

一、明元帝简介

北魏明元帝拓跋嗣,是北魏的第二任皇帝,鲜卑族人,道武帝拓跋珪的儿子,太武帝拓跋焘的父亲。

北魏道武帝天兴六年(公元403年),拓跋嗣被立为太子。北魏道武帝天赐六年(公元409年),在诛灭拓跋绍后,登基为帝,改元永兴。

拓跋嗣文武双全,在位期间,勤政爱民,拓展疆土,励精图治,在北魏历史上处于承上启下的枢纽地位。

二、明元帝与云中

据《绥远通志稿》卷一记载:"北魏尝增修云中城,并於城中起宫室①,以为常幸之地。"

据历史资料记载,拓跋嗣是道武帝拓跋珪的长子,母亲为

---

① 宫室,云中城内的一座小城,位于云中故城内的西南角,宫室大致成长方形,南北约185米,东西约145米。

刘贵人，北魏道武帝登国七年（公元392年）生于云中宫。道武帝得子较晚，听说刘贵人生了个儿子，非常高兴，于是大赦天下。

拓跋嗣在平城（今山西省大同市）当上皇帝后，曾多次返回云中巡幸，在这片土地上流连忘返。

据《魏书》记载，北魏明元帝泰常二年（公元417年），帝车驾西巡至云中，渡过黄河在沙漠中射猎。

第三年，又由平城西巡至云中，越过白道（今呼和浩特市北）北猎野马于辱孤山。

后又返至黄河渡口君子津（今内蒙古自治区托克托县河口村南），过黄河狩猎于薛林山（今内蒙古自治区准格尔旗的黄河西岸）。

此后，明元帝连续三年都巡幸云中，或大宴群臣，或狩猎山林，其间多数时间住在云中城的宫室中。

三、明元帝的文功武治

拓跋嗣年少时就显现出宽厚弘毅，聪明睿智，非礼不动，善良孝顺的本性。《魏书·太宗纪》评价他："帝礼爱儒生，好览史传。"

拓跋嗣善于选贤任能。他继位后，先后任用一批既有才干又有威望的大臣，如长孙嵩、安同、崔浩、奚斤等。同时，整顿吏治，内修庶政，体察民情，改革官制。

在道武帝时期，曾有一些蒙冤的死者，拓跋嗣对这些死者的家属大加抚慰。与此同时，拓跋嗣还让一些过去被免去职位的、有才干的人，重新恢复官职。这种顺应人心的做法，在一定程度上巩固了北魏政权。

在拓跋嗣统治时期，经常出现水灾或饥荒等灾害，而官员的剥削让百姓更加困苦。拓跋嗣得知这种情况后，疏导灾民有序到达丰收的地方。拓跋嗣在解决老百姓吃饭问题的同时，还让当地官员赈济灾民，减免灾民的赋税。

拓跋嗣所采取的劝课农桑、打击贪官和豪强等政策，对社会生产力的发展和阶级矛盾的缓和具有重要作用。

在拓跋嗣登基的第二年，他派南平公长孙嵩等人领兵向北征伐柔然。在征伐柔然的过程中，长孙嵩等人非但没有打败柔然，反而被柔然围困起来。拓跋嗣得到这个消息后，立刻御驾亲征。当柔然首领听到拓跋嗣要亲自带兵出征时，吓得很快就逃跑了，北魏政权不战而胜。

在北击柔然的同时，拓跋嗣还加强北部边防的建设，在阴山以北的地方修筑了长城和许多城堡。这条东起赤城（今河北省赤城县），西至五原（今内蒙古自治区乌拉特前旗境内）的长城约1000多公里，途经北县、尚义县、兴和县、呼和浩特市、包头市。

北魏明元帝泰常八年（公元423年），拓跋嗣亲征南方的刘宋政权。其间，辟地300里。但是，由于常年御驾亲征，积劳成疾而终，时年32岁。遗诏命司空奚斤将所缴获的军资按差别赏赐给大臣和将士。

唐 代

受降城与托克托

唐代诗人李益有一首大家耳熟能详的诗叫《夜上受降城闻笛》：

回乐烽前沙似雪，
受降城外月如霜。
不知何处吹芦管，
一夜征人尽望乡。

受降城，唐时亦称河外三城，唐初名将张仁愿为了防御突厥，在黄河以北筑受降城，分东、中、西三城，都在今内蒙古自治区境内。另有一种说法，唐太宗贞观二十年（公元646年）九月，唐太宗亲临灵州接受突厥一部的投降，"受降城"之名即由此而来。

笔者通过查阅史料得知，"受降城"一词是从汉代借名的。汉代受降城于汉武帝太初二年（公元前103年），汉武帝为接受匈奴左大都尉投降，命公孙敖所筑，是自西汉以来在文献所载的受降城中唯一一座真正为接受敌人投降而建的城。

　　唐中宗景龙元年（公元707年），唐中宗任命张仁愿为朔方大总管。当时，北方突厥的可汗是默啜，正率军西击突骑施。第二年，张仁愿趁突厥后方空虚，率军夺取漠北之地，并向唐中宗请命在黄河北岸筑3座受降城，彼此接应，抵御突厥南侵。唐中宗同意了张仁愿的奏请，命他全权负责筑城事宜。

　　建成的3座受降城分别是：西受降城（今内蒙古自治区乌拉特后旗东南五加河北岸），南对灵武；中受降城（今内蒙古自治区包头市西），正对朔方（今内蒙古自治区乌审旗白城子）；东受降城（今内蒙古自治区托克托县西南），南对榆林。

　　3座受降城是唐朝建立的进攻型军事重镇体系，控制了漠南，使后突厥汗国的根据地、政治军事经济的中心地区成为唐朝北部边疆内的军事地区，从而严重削弱了后突厥汗国的国力。

　　唐朝在3座受降城及其周围地区组织垦田，部分地解决了当地驻军的军粮供应和经费开支问题。自建成后，又先后成为安北都护府、单于都护府、天德军、振武军等重要军事机构的治所。

　　东受降城是内蒙古自治区托克托县这块土地上，被载入史册的唐朝历时最久的军事建置和城池，从建成到唐亡，历时近200年。唐朝在西起灵武、东到东受降城，沿黄河设六城水运使，专管黄河水运。东受降城作为黄河六城水运的起点和终点，其地理位置十分重要。

　　据《资治通鉴》记载："唐宪宗元和七年（公元812年）正月，振武河溢，毁东受降城。"这段记载讲的是，唐宪宗元和七年正月，振武节度使辖区内的黄河因凌汛而涨溢，把东受降城淹没、毁坏了。

唐代的这座东受降城就建在今托克托县河口管委会哈拉板申村西,濒临黄河。这段历史记载说明,当时的黄河流经哈拉板申村西。同时,它向南必流经今托克托县旧城边。如今黄河改道并向南移,于是黄河、黑河的河道在此分离。而那时黑河的下游到了沙陵湖(今托克托县七星湖)以南就进入黄河故道。所以,"振武河道"的"河"是黄河,而不是人们误认为的大黑河。

唐宪宗元和八年(公元813年)七月,针对振武军辖地内黄河泛滥,冲毁东受降城这一情况,当时的节度使李光进奏请朝廷修复东受降城,并兼理河务。

李光进的奏折到达朝廷后,时任宰相的李吉甫请求唐宪宗将李光进的部众迁移到天德军的旧城,中书侍郎李绛、户部侍郎卢坦等都持反对态度,但唐宪宗最终还是采用李吉甫的建议,将东受降城的兵众改属天德军。

唐敬宗宝历元年(公元825年)五月,皇上赐振武军14万贯钱修东受降城。十月,振武节度使张惟清因东受降城濒临黄河,年久雉堞①摧毁的缘故,将新建的东受降城移置到绥远烽南。

新的东受降城修好后,还曾在西侧增建一道月城,以保护饮用水源。

---

① 雉堞,又称齿墙、垛墙、战墙,是有锯齿状垛墙的城墙。

李勣与托克托

李勣(公元594—669年),原名徐世勣,字懋功。唐高祖李渊赐其李姓,后避唐太宗李世民讳改名李勣。

《隋唐演义》中将李勣演译为徐茂公,说书艺人讲道:大唐军师徐茂公是一个和诸葛亮一样,能掐指运算的军师人物。历史上真实存在的人物李勣文韬武略,威名赫赫,历事唐高祖、唐太宗、唐高宗三朝,为凌烟阁24名功臣之一。李勣一生出将入相,被朝廷倚为长城,是能与卫国景武公李靖比肩的初唐著名军事将领。

《旧唐书·李勣传》记载,"高祖大喜曰:'徐世勣感德推功,实纯臣也。'"

唐太宗贞观元年(公元627年),代州都督张公瑾向太宗上奏东突厥可取的6项理由,帝赞同此议,命李靖、李勣率众将出兵云中等地,讨伐东突厥、拔野古、仆骨、同罗、奚来降,捷报昼夜飞至,络绎不绝。

据《托克托史话》记载:"公元630年唐太宗贞观四年(公元630年),李勣又从云中出兵,在白道大破东突厥。颉利败退铁山(阴山),但余众还有数万。颉利派使谢罪,要举国内附,亲自来朝。"

此次战役的经过是,唐太宗贞观三年(公元629年),李勣任通汉道行军总管。次年,兵出云中,与突厥颉利可汗的军队相遇,在白道大战。突厥战败,在沙漠的入口处扎营,派使者求和。朝廷下诏命鸿胪寺卿唐俭等前去赦免突厥。

李勣当时与定襄道大总管李靖的军队会合。他与李靖商议说:"颉利虽然战败,人马还多,如果越过沙漠,得到九姓铁勒的庇护,加之道路遥远险阻,就很难追上他们了。如今下诏派唐俭前去赦免,突厥必定放松戒备,我们随后去袭击,这样就可以不战而平定突厥。"李靖握着李勣的手,高兴地说:"你的这番话,就是韩信灭田横的策略啊!"于是,他们相互配合,李靖率兵连夜出发,李勣带兵随后前进。李靖的军队到了碛口,突厥兵溃散奔逃,颉利与1万多人想越过沙漠。李勣在沙漠路口驻兵,颉利逃到那里,无法越过沙漠,他的大酋长率领自己的部落投降李勣,李勣俘虏5万多人而归。

唐太宗贞观十五年(公元641年),李勣被任命为兵部尚书。未上任,正遇上真珠毗伽可汗派薛延陀的儿子大度设率骑兵8万南侵李思摩部落。

朝廷命李勣为朔州行军总管,率轻骑三千于大青山(今呼和浩特北)追上薛延陀的骑兵,进击并大破其军,杀死名王一人,俘获其首领和士兵5万多,迫使薛延陀大度设离开白道川(今土默川,秦汉以前称云中川,北魏时称敕勒川)。

因李勣立此大功,唐太宗封李勣的一个儿子为县公。李勣当时得了急病,御医说胡须烧的灰可以治疗这个病,唐太宗就亲剪己须,为他和药。李勣叩头见血,诚恳地感谢唐太宗,唐太宗说："我是为国家考虑,不必麻烦你深切地感谢。"

唐高宗麟德元年(公元664年),东封泰山,唐高宗李治诏封李勣为封禅大使,于是随李治东去。李勣坠马伤脚,李治亲自问候,把自己乘坐的马赐给他。

据《隋唐嘉话》记载:"英公虽贵为仆射,其姊病,必亲为粥,釜燃辄焚其须。姊曰:'仆妾多矣,何为自苦如此!'勣曰:'岂为无人耶!顾今姊年老,勣亦年老,虽欲久为姊粥,复可得乎?'"

在浩如烟海的史籍中读到这样的故事,于冰冷泛黄的书页中也有一丝暖意。

李勣死后,唐高宗为他修建了一座墓,墓冢由3个高约6丈的锥形土堆组成,呈倒"品"字形,象征阴山、铁山和乌德鞬山,意思是表彰他生前破突厥之战功。

唐睿宗李旦与托克托

据《托克托文物志·托克托县境历代政权部分官员表》记载:"唐代:李旭轮。职务:单于大都护。任职年代:麟德元年。"

李旭轮,何许人也? 李旭轮就是唐睿宗李旦。

李旦(662—716年),初名李旭轮,是唐高宗李治的第八子,武则天幼子,唐中宗李显同母弟。他的儿子是唐玄宗李隆基。

史书上说,李旭轮"谦恭孝友,好学,工草隶,尤爱文字训诂之书。"

唐朝是继两汉王朝之后最为繁荣昌盛的朝代,到唐太宗贞观四年(公元630年),唐朝出兵攻灭东突厥汗国,唐高宗显庆二年(公元657年),亦将西突厥汗国击灭。

据《新唐书·突厥传》记载,唐太宗本着"夷狄亦人,与中夏不殊"的思想,采取了中书令温彦博的建议,"置降匈奴留五原塞,全其部落,以为捍蔽,不革其俗,因而抚之,实空虚之地,且示无所猜。"对归附的突厥人采取优待的政策,把他们安置在黄河河套以南。

唐高宗龙朔三年（公元663年），唐朝对北部边疆的都护府进行调整，移燕然都护府到回纥，改名为瀚海都护府，管理漠北地区；将旧瀚海都护府移到云中古城，改为云中都护府，对漠南各都督府州进行管理。至此，唐朝大漠南北形成瀚海与云中两大都护府分别管理的格局。

唐高宗麟德元年（公元664年），唐朝又将云中都护府改为单于都护府，并以李旭轮为单于大都护。

唐高宗调露元年（公元679年）十月，单于都护府下辖的突厥大酋长阿史德温傅、阿史那奉职两部落率先发难反唐。他们拥立原突厥皇室子弟阿史那泥孰匐为可汗，举起反唐大旗。当时，单于都护府下辖的24州酋长也纷纷响应，一时间，叛军人数多达数十万之众。

当时的李旭轮还年少，单于都护府的实际负责人是长史萧嗣业。萧嗣业是一员老将，当年苏定方西征阿史那贺鲁时，他就是副帅。此后东征高丽，北征铁勒，萧嗣业都曾担任统领一路的行军总管。

得知阿史德温傅和阿史那奉职造反的消息后，唐朝派出以萧嗣业为主帅，花大智、李景嘉为副帅的征讨大军。

一开始，征讨大军进展顺利，屡战屡胜。于是，萧嗣业等将领便产生轻敌之心，把这帮反唐的胡人看作一群乌合之众。

由于轻敌，萧嗣业、花大智、李景嘉等唐朝官兵放松警惕。当时正值天降大雪，萧嗣业等更是毫不防备，就连斥侯[①]都没有布防，一帮官兵躺在暖烘烘的大帐内睡大觉。

_____

① 斥侯，侦察兵。

突厥叛军在夜里,借着雪光靠近唐军的大营,发动袭击。萧嗣业等唐朝官兵由于缺乏戒备,猝不及防,被叛军打得狼狈逃窜。唐军大乱,死了万余人。花大智和李景嘉两位副统帅收散余众,且战且退,终于领着残兵败将退回单于都护府。

当唐高宗李治接到唐军惨败的战报后,又惊又怒。最后,萧嗣业被流放到桂州,花大智、李景嘉被免职。

李旭轮早年历封殷王、冀王、相王、豫王,后改名李旦,于唐中宗嗣圣元年(公元684年)被立为皇帝,但仅是武则天的傀儡。他在武则天当皇帝后,被降为皇嗣,后复为相王。

唐睿宗景云元年(公元710年),在唐隆政变后,李旦被再次拥立为皇帝。唐玄宗先天元年(公元712年),李旦禅位于李隆基,退为太上皇。李旦前后两次登基,共在位8年有余,但真正掌权仅有2年,称太上皇4年。唐玄宗开元四年(公元716年),李旦病逝,庙号睿宗。

据《新唐书·突厥传》记载:"徙故瀚海都护府于古云中城,号云中都护府。""帝曰:今可汗,古单于也。乃改云中府为单于大都护府。"唐玄宗开元二年(公元714年),单于都护府从云中古城迁到盛乐故址。

金 代

白塔与托克托

在今呼和浩特市西南43公里,托克托县古城镇古城村北2.5公里处,有一座金代云内州故城遗址。它与呼和浩特市东郊的白塔村丰州古城遥遥相对。

因云内州故城东南墙外有一座白色古塔,故当地人将这座城址叫白塔城,城址南有一个村庄也叫白塔村。

这座白塔城的历史得从金代的云内州说起。金代的云内州,包括开远军节度使在内有24868户,人口包括女真人、契丹人、汉人及奚族负责镇守云内州的将士。

云内州管辖柔服、云川二县,宁仁一镇。州治沿袭辽代建制,仍在柔服县(今内蒙古自治区托克托县古城镇白塔村)。

当时,云内州的西部边界已经到达今乌梁素海,并且将辽代天德军的地盘全部管辖在内,面积比辽代时增加许多,西部与夏国为邻,其余相邻之地与辽代时基本一致。

云内州城东南方向约50米外有一座古寺,古寺内有座白塔,因为它与呼和浩特东白塔遥遥相对,故被人们称为西白塔。

白塔高十余丈,周长五六丈,在白塔下面建有一座石香亭。石香亭内有一柱,柱子的上面刻着:"大金云内州录事司郭公讳说字本口,正隆五年明昌进士王天佑撰,同学翼守正书。"①

上述的铭文是《绥远志略》的表述内容。

但是,《绥远志略》关于"西白塔"所载的"正隆五年明昌进士"一语有误。因为金朝"正隆五年"是公元1160年,为金海陵王完颜亮的年号,比金章宗完颜璟的明昌年号早30年,中间有金世宗完颜雍的大定年号29年,所以"明昌进士"有误,应为"明经进士"。

金代的考试内容有明经、进士二科。明经考试的主要内容是帖经、墨义;进士考试的主要内容是诗赋。当时流传"三十老明经,五十少进士"的说法。王天佑既考了明经,又考了进士,而且都取得了优异的成绩。

综上所述,金代云内州的白塔下、石香亭内的柱子上所刻铭文的正确解释应该是,正隆五年的明经、进士王天佑是石香亭柱铭文的撰写者;书写人是翼守正,郭说是石香亭柱的施主,官衔不详。

根据上述史料记载可知,西白塔为郭公塔,建于金代海陵王正隆五年,距今已有800多年的历史。

今天,托克托县古城镇白塔村就是因白塔而得名。当年,金代云内州州治柔服县是一个非常繁华的地方。

云内州是金朝著名的产铁地,主要用于战争,在此基础上,金朝还制造了"震天雷""飞火枪"等武器。制瓷业也很发

---

① 录事司,正八品机构,掌管府镇城市民事,设录事、判官、司吏、公使等官吏职务;同学,同师受业的人。

达,烧瓷技术达到一定水平,名瓷数量很大,而且许多瓷窑是朝廷直接管理的"官窑"。当时,云内州的制瓷业已经有很大的规模,是进行对外商贸活动的主要产品之一,并远销到西夏、北宋、漠北等地。在白塔村附近有个叫"盆窑"的村庄就是由此而得名的。

金末元初,著名政治家、文学家耶律楚材曾3次到云内州,多次赋诗。有一次,耶律楚材应成吉思汗之召,从今北京市的香山出发,过居庸关,经土默川、阴山、乌兰察布市四子王旗、包头市达茂旗进入漠北。当耶律楚材到云内州时触景生情,写下《谢飞卿饭》这首诗:

> 一鞭羸马渡天山,偶到云川暂解鞍。
>
> 独守空房方丈稳,更无薄酒一杯残。
>
> 诗书半蠹绝来客,釜甑生尘笑冷官。
>
> 赖有觉非怜野拙,长须为我馈盘餐。①

---

① 飞卿,吕飞卿;天山,金元时期,阴山称天山,并且设有净州天山县;云川,指今天的土默川,金代云内州下辖云川县;觉非,吕飞卿的道号。

东胜县令张翰与托克托

金朝时期,元好问的爷爷是云内州柔服县令。今天我们谈到的这位主人公张翰是金代东胜县令。张翰是元好问的岳父,与元好问同为太原秀容(今山西省忻州市)人。

张翰(公元1163—1218年),字林卿,金朝官员,金世宗大定二十八年(公元1188年)进士,调隰州(位于山西省西部,曾用名汾州、西汾州)军事判官,后官至户部尚书。

张翰的女儿张氏是元好问的第一任妻子。元好问娶张氏时,张翰为东胜县令,而元好问的养父元泰是陵川县令,两家门当户对。

后来,张翰步步高升,先后担任监察御史、户部员外郎、翰林直学士、户部侍郎、户部尚书等重要职务。

金宣宗完颜珣时期,当时的中都因被围攻而戒严,各种人员与物资调动的任务十分繁重,在这种情况下张翰改任户部侍郎。

此后,金朝元帅左都监完颜弼、参知政事耿瑞义等建议迁都汴梁(今河南省开封市),左丞相徒单镒及宗室霍王完颜从彝等反对。最后,金宣宗以金中都缺粮,不能应变为由,决意迁都。太学生赵昉等四百人上书极论迁都利害，金宣宗以"大计已定，不能中止"，拒不采纳。

在准备迁都汴梁的过程中，张翰负责调配护卫皇帝的侍卫及粮草物资到河北真定。与此同时，张翰上书皇帝，提出5件要紧的事情：一是强本。收聚兵卒，迁徙豪族大姓，以充实汴梁。二是足用。利用蔡河、汴河的旧有漕渠恢复漕运，集聚物资。三是防乱。聚集各地起义军，授予官印，让他们有统一的指挥，使那些心怀疑虑的人们不至于反叛，安心报效朝廷。四是省事。因战事遭破坏的州县酌情合并，既精简官员，也利于防盗。五是推恩。推行有利于百姓的政策，表示天子所到之处就会皇恩浩荡。

金宣宗，基本上采纳了张翰的建议并照此实施。

张翰颇有处理繁难事务之才，到了新的岗位，很快就能扭转局面。之后，张翰又升任河平军节度使、都水监、提控军马使等要职，不久改任户部尚书。当时金朝刚迁都汴梁，各种事务纷乱无序且规章缺失，张翰着手处理，政事渐渐有了条理。

当年，张翰在户部尚书的任上，面对经费空竭的困境，"虽米盐细物，皆倚之而办"，由此可见张翰出色的管理能力。

有一次，元好问在户部衙门，亲眼看到岳父大人与一邠州（今陕西省彬州市）来的书生讨论政事，相互诘难。邠州书生提出几十个问题，张翰都能不假思索地予以解答，而且很精准，很妥当。如果是一般人，即使反复计算，认真准备，也未必能达到这一效果。

元好问在《中州集》中赞叹老丈人张翰是"通济之良材"，可见女婿元好问对张翰的佩服和景仰！

元好问在《中州集》中还辑录了岳父张翰的5首诗,现抄录2首:

奉使高丽过平州馆

昨日龙泉已自奇,一峰寒翠压檐低。
兼并未似平州馆,屋上层峦屋下溪。

金郊驿

山馆萧然尔许清,二更枕簟觉秋生。
西窗大好吟诗处,听了松声又雨声。

这是在金卫绍王崇庆元年(1212年)六月,大理卿完颜惟基,翰林直学士张翰出使高丽,册封高丽王的途中所著。

在金代人看来,出使高丽是令人羡慕的美差,更何况是受到高规格待遇的册封使。

张翰带着轻松愉快的心情,描写路过的景物特色,抒发了自己怡然自得的美好心情。第一首诗写高丽境内依山而建的馆舍,屋后层峦叠翠,门前溪水潺潺,山水相依。第二首诗写夜宿森林环抱的旅馆,听着松涛声、雨声,体会盛夏难得的凉爽宜人,心情也随之大好。

元 代

耶律楚材与托克托(一)

　　耶律楚材曾多次到过云内州,并留下许多诗篇。今天我们先讲耶律楚材第一次到云内州的经历。

　　在金代,云内州管辖柔服、云川二县,宁仁一镇。州治沿袭辽代建制,仍在柔服县。

　　金代,云内州的西部边界已经到达今乌粱素海,并且将辽代天德军的地盘也全部管辖在内,面积比辽代时增加许多,西部与夏国为邻,其余相邻之地与辽代时基本一致。

　　云内州辖境包括今内蒙古自治区固阳县、土右旗、土左旗一带。云内州的云川县将青冢(今呼和浩特市昭君墓)也包括在内。

　　元朝建立后仍沿用金朝建制,后期降云内州为下州,隶属大同路。这时的云内州虽然级别小了些,但其管辖规模变化不大。

　　耶律楚材是横跨金、元两个朝代的人物,后来成为蒙古帝国的大臣,元朝的宰相。他出身契丹贵族家庭,生长于燕京(今北京市),是辽太祖耶律阿保机的第九世孙。

　　耶律楚材秉承家族传统,自幼学习汉籍,精通汉文,很早就已"博及群书,旁通天文、地理、律历、术数及释老医卜之说,下笔为文,若宿构者"。此为夸赞耶律楚材在写文章的时候,下笔成文就像昨天晚上写好的一样。

耶律楚材第一次到云内州是元太祖十三年(1218年),即成吉思汗十三年的三月,成吉思汗下诏征聘,耶律楚材应诏而起,北上觐见大汗。

这次耶律楚材从永安(今北京市香山)启程,出居庸关,经过武川、云中,到达云内州。

当耶律楚材经过长途跋涉来到云内州时,看到这里经过连年的征战,土地已是一片荒芜。他触景生情,潸然泪下。

一鞭羸马渡天山,偶到云川暂解鞍。

独守空房方丈稳,更无薄酒一杯残。

诗书半蠹绝来客,釜甑生尘笑冷官。

赖有觉非怜野拙,长须为我馈盘餐。

这首诗的意思是说:

我骑着一匹老病的瘦马就要翻越天山,正好到云川下马解鞍歇息。在空空的官衙里也算安顿下来了,只是连一杯云中老窖也没喝上,未免有点心不甘。带的四书五经被虫吃鼠咬得烂了一半,也没有文人雅士来访,锅碗瓢盆也烟熏土背没有半点热气,像是在嘲笑我这个不受待见的闲官。幸好有你——觉非老弟。可怜我没风度、没教养、没本事,还得要老弟照顾我的一日三餐。

在云内州住了几日后,耶律楚材与好友吕飞卿等道别,再次踏上去见成吉思汗的道路。

耶律楚材越过阴山，经过今乌兰察布市四子王旗和包头市达茂旗，然后进入漠北。这一路，他穿越崇山峻岭，踏过戈壁沙漠，历经千辛万苦的长途跋涉，历时3个月，最终在当年的夏天到达成吉思汗的大帐。

对于见到的草原大帐，耶律楚材在《西游记》中这样描述：山川互相交错，山色、天色和草色交相辉映，车帐如同白色云朵散布在草原上，将士们如同雨点般众多，马牛铺满原野，兵甲的光芒照亮天空，营帐前烟火互相映照，相连万里。千古以来，未有如此盛况。

此时，耶律楚材还没见到成吉思汗，便开始在心中叹服了。

耶律楚材与托克托（二）

耶律楚材第二次路过云内州，《湛然居士文集》中第一次明确提出青冢。这一年为元太祖二十一年（1226年），耶律楚材37岁。

当时有一位叫贾塔剌浑的元帅驻守云内州，冀州人。贾塔剌浑在成吉思汗用兵中原时，招募能用炮者籍为兵，建立战功。同时，贾塔剌浑还被授予四路总押，佩金符。

在过云内州时，耶律楚材写下《除戎堂（二首）》。

在《除戎堂（二首）》序文中写道："王师西征，贤帅贾公留后，于云内筑除戎堂于城之西阿，以练戎事，御侮折冲，高出前古。予道过青冢，公召予宴于是堂。鸿笔大手，题诗撒墨，错落于楹栋之间，皆赞扬公之圣德。予因作二诗以陈其梗概云。"

序文的意思：官军西征，德高望重的老帅贾塔剌浑司令断后，在云内州城修建除戎堂于城西高地，用以演武练兵。抵御外寇，消除冲突，谋略远超古人。我路过青冢，贾公就在除戎堂设宴召请我。见楹柱门廊之上，有文豪大师，挥毫题诗，都是称颂贾公的高尚品德。于是，我也写了两首小诗讲述其中的梗概。

除戎堂

其一

除戎堂主震威名，一扫尘氛消未萌。
不出户庭成庙算，折冲樽俎有奇兵。
何须公瑾长江险，安用蒙恬万里城。
坐镇大河兵偃息，居延不复塞尘惊。

其二

除戎厅事筑城阿，烽火平安师旅和。
远胜长城欺李绩，徒标铜柱笑伏波。
服心不用七擒策，御侮何劳三箭歌。
高枕幽窗无一事，西人不敢牧长河。

在题下，耶律楚材用小字批注："案易萃卦，君子以除戎
器，戒不虞。"

批注的意思：照《易经》萃卦来看，君子应该整修兵器，以
防备突发情况。在这里，耶律楚材用卦象来提醒贾帅，虽然
"高枕幽窗无一事，西人不敢牧长河"。但是，还是应该整修兵
器，以防备突发情况。

耶律楚材与托克托(三)

耶律楚材第三次到云内州是元太祖二十二年(1227年)。大约在成吉思汗驾崩的当年,耶律楚材与蒙古大军,分别从新安、云中、东胜、沙井(今内蒙古自治区达茂旗东北、四子王旗西北)等地北返。

其后,耶律楚材受蒙古宫廷的委派去燕京"搜索经籍"。耶律楚材在《燕京崇寿禅院故圆通大师朗公碑铭》中写道:"丁亥之冬(即1227年),予奉召搜索经籍,驰传来京。"

耶律楚材途经今内蒙古自治区、山西省、河北省等地。在路过云内州时,他曾凭吊西汉王昭君的青冢墓地,与沿途来拜访他的人以诗歌相赠答。

在路过东胜州时,耶律楚材还写了另外两首诗,耶律楚材在序言中写道:"路过东胜州时,我用我家老爷子(耶律楚材的父亲)文献公的诗韵进诗一首。"

这首诗如下:

过东胜用先君文献公韵上

其一

荒城潇洒枕长河，古字碑文半灭磨。

青冢路遥人去少，黑山寒重雁来多。

正愁晓雪冰生砚，不忿西风叶坠柯。

偶忆先君旧游处，潸然不奈此情何。[①]

其二

依然千里旧山河，事改时移随变磨。

巢许家风乌可少，萧曹勋业未为多。

可伤陵变须耕海，不待棋终已烂柯。

翻手荣枯成底事，不如归去入无何。

耶律楚材在诗中提到的古寺和碑文在东胜州的具体地方，有待进一步考证。

当耶律楚材路过昭君墓时，又想起父亲路过昭君墓时写的一首诗，于是用文献公的诗韵进诗一首：

————————————

① 长河：黄河；青冢：昭君墓；黑山：阴山。

过青冢用先君文献公韵

汉室空成一土丘,至今仍未雪前羞。
不禁出塞涉沙碛,最恨临轩辞冕旒。
幽怨半和青冢月,闲云常锁黑河秋。
滔滔天堑东流水,不尽明妃万古愁。

耶律楚材又用贾搏霄诗的韵写了两首诗。

过青冢次贾

其一

当年遗恨叹昭君,玉貌冰肤染塞尘。
边塞未安嫔侮虏,朝廷何事拜功臣。
朝云雁唳天山外,残日猿悲黑水滨。
十里东风青冢道,落花犹似汉宫春。

其二

延寿丹青本诳君,和亲犹未敛胡尘。
穹庐自恨嫔戎主,泉壤相逢愧汉臣。
玉骨已消青冢底,香魂犹绕黑河滨。
愁云暗锁天山路,野草闲花也怨春。

在云内州、东胜州等地盘桓数月之后,耶律楚材终于在当年冬天到达目的地——燕京。

1227年是耶律楚材人生境遇和思想比较特别的年份。蒙古帝国最高统治者更替、十年西征结束等外部政治环境的变化,以及他奉旨南返燕京"搜索经籍"等事件的发生,促使年近不惑的耶律楚材开启新的人生思考。这一年诗人高密度题咏汉代人物,如王昭君、萧何、曹参、张良等。

耶律楚材与托克托（四）

耶律楚材第四次到云内州，传说是在成吉思汗临终前。成吉思汗郑重嘱托太宗窝阔台等继承者说："此人（耶律楚材）是上天赐给我们的，你们要加以重用。"

窝阔台汗即位后，耶律楚材倡立朝仪，劝亲王察合台（太宗兄）等人行君臣礼，以尊汗权。从此，耶律楚材便受到重用，被誉为"社稷之臣"。

元太宗六年（1234年），耶律楚材随窝阔台到狼山行猎，第四次路过云内州，写下《扈从羽猎》《狼山宥猎》两首诗，记载了"吾皇巡狩行周礼，长围一合三千里"的盛况。

《扈从羽猎》中写道：

湛然扈从狼山东，御闲天马如游龙。

惊狐突出过飞鸟，霜蹄霹雳飞尘中。

马上将军弓挽月，脩尾蒙茸卧残雪。

玉翎犹带血模糊，骎骎嘶鸣汗微血。

长围四合匝数重，东西驰射奔追风。

鸣鞘一震翠华去，满川枕藉皆豺熊。

自笑中书老居士，拥鼻微吟弓矢废。

向人忍耻乞其馀,瘦兔癞獐紫驼背。

吾儒六艺闻吾书,男儿可废射御乎!

明年准备秋山底,试一如皋学射雉。

这首诗记述了耶律楚材跟随皇上射猎的情景,诗中描写了将军的英武神勇,同时也感叹自己一介书生百无一用。于是,耶律楚材暗下决心,一定要学会骑射,明年就去打野鸡。

这首诗为人们勾勒出一幅700多年前,云内州一带水草丰美,一波又一波丰茂的牧草,豺、熊、兔、獐、狐狸等出没无穷,自然景象非常优美的画面。这一现象的出现,说明在窝阔台时期,云内州的生态环境有了很大改善。

耶律楚材跟随皇上射猎的时候,发生了意外:因扈从羽猎,耶律楚材的脚部负伤了。借休养的机会,耶律楚材练习弹奏大量的琴曲。在少年时期,他曾学琴于弭大用、苗秀实、万松老人等。他的诗文中有不少关于琴人、琴曲的论述,为后人了解当时琴坛提供重要史料。

在此期间,耶律楚材和老师苗秀实的儿子苗兰对弹操弄50多曲,"于是栖岩妙旨尽得之"①。这里,我们了解到耶律楚材曾在学琴上下工夫。

耶律楚材辅佐成吉思汗和窝阔台治理国家近30年,元乃马真后三年(1244年)6月20日,耶律楚材去世。根据耶律楚材的遗愿,他被安葬于燕京故里的瓮山(今北京市颐和园万寿山的前身)脚下,今北京市颐和园里仍有他的祭祠。

---

① 于是完全领悟了高人的妙理。

崔子温与托克托

据《元史》记载,元代在云内州曾设立纺织局,并设大使一员,副大使、照略案牍各一员。

大使在元朝,是个管理具体事务的官员,主要是指仓库、工局官。

元朝礼部所属的仪凤司、教坊司、会同司、宣政司、两都规运提点所、御敬院、窑坊等机构也都设大使一职,但大使的品级根据所在机构不同而有所差别。

接下来,我们要讲的这位云内州纺织局的大使名叫崔子温,那么,崔大使何许人也?

云内州建于辽道宗清宁元年(1055年)8月,历经金代、元代,沿袭未改。元代中书令耶律楚材曾多次来到这里。元朝中书省,上承天子,下总百司,领六部,为最高行政机关,行使宰相职权,固元朝中书令可总掌天下之政。

崔子温的爷爷叫崔德常,在金末元初,战争频发之际因病去世。于是,崔子温的二爷爷带领崔家老小来到云内州。

崔子温的爷爷有一个儿子叫崔琳;崔子温的二爷爷有两个儿子,叫崔瑞、崔璘。

由于崔瑞没有儿子,所以崔琳将自己的第四个儿子崔子温过继给叔伯兄弟崔瑞。

崔子温公昆弟共9人,分别叫:崔子忠、崔子英、崔子俊、崔子温、崔子贵、崔子祐、崔子钰、崔子明、崔子和。

刚开始,崔子温弟兄9人都是以行医为业的,并且在当地小有名气。

元世祖至元三十年(1293年),崔子温以"进义副尉"这一职衔当上西三州(云内州、东胜州、丰州)织染局的大使,从此步入仕途。

此后,崔子温又迁升到中书省晋宁路河津县任县尹,即一县之长。元朝时期的地方官中,诸县汉人长官是这样区分的:上县的县尹是从六品,下县的县尹是从七品,因崔子温当县尹的河津县属上县,所以崔子温应该是从六品。

20世纪80年代初,在云中故城遗址的东北方向,村民取土时发现大半截残石碑。石碑为青石质,上端残缺约三分之一,残长87厘米,宽67厘米,厚15厘米。正面阴刻楷书19行,每行残留字数不等,最多者有32个字。石碑因暴露地面多年,残留部分的碑文亦难全部辨认,碑背面阴刻立碑人崔子温的家谱。

该碑虽残,不能知其全貌,但把正背面文字对照比读,并加以推理判断,石碑内容大体可知。

残碑上崔子温的家谱,是目前托克托地区已知最早的家谱,对研究元朝时期的民情风俗提供重要的实物资料。

同时,碑上刻有:"郭东南隅五里之新茔"。由此可以推断,此碑是今内蒙古自治区托克托县古城镇白塔村故城遗址为辽、金、元时期云内州城的又一大佐证。这里的"郭"指的是云内州城的外城。

按常规,制作石碑的时间应该雕刻在石碑的上部,可惜上半截已残缺。但是,根据碑文的剩余内容,我们可以推断,此碑应刻于崔子温任中书省晋宁路河津县县尹时期,即元朝的至大与皇庆年间(1308—1313年)。

在石碑的最后一行还刻有"石匠(刻碑人)龙门张贵、儿子张伯达"。张贵、张伯达父子为龙门人,而龙门与河津县仅一河之隔,这条河就是黄河。

由此我们可以推断,此碑是在河津县(或龙门)制作,后运到云内州。同时我们可以大胆推测,石碑很有可能是用船只沿着黄河水路北上,到达东胜州城边上的黄河与黑河交汇处。又因黑河流经云内州城边,故运碑船只通过大黑河,最后运到云内州。

明 代

东胜侯汪兴祖与托克托

在内蒙古自治区托克托县有一座名扬天下的东胜卫故城,东胜卫故城的东胜侯是汪兴祖,他曾两次被明太祖朱元璋封为东胜侯。

这件事得从明朝的铁券说起:铁券,也称免死牌,作为授予功臣爵位、待遇、记述其功勋的一种有奖赏和盟约性质的凭证,在明朝初年被普遍使用。

当时明文规定,凡是有军功而被封为公、侯、伯这3种爵位的将领,都要赐给铁券。

一、第一次被封东胜侯

明代授予汪兴祖的铁券中有这样一段话:"汪兴祖,庐州巢县人,三年大封功臣,已封为东胜侯。既而人有言其过者,上宥而弗问,然弗与诰券,俾仍以都督职,遇有征伐,自效以图实封。"

这段话的意思是:在明太祖洪武三年大封功臣时,汪兴祖已被封为东胜侯。之后有人说他的过失,但皇上宽恕了他,没有追究,不过也没有给他封诰书券等,让他继续担任都督一职。如果碰上用兵之时,努力效命,以求立功受封。

汪兴祖,(1338—1371年),巢(今安徽省巢湖)人,张德胜养子,明朝初期军事人物。

汪兴祖跟随朱元璋攻破安庆、江州、南昌等地,大败张士诚部队。后在泾江口击败陈友谅部队,升任湖广行省参政。后跟随大军平定武昌、庐州,升任大都督府佥事。后跟徐达下淮东、浙西等地,升任同知大都督府事。后大军北征,攻破徐州等地,招降元参政陈璧5万余人。后孔子56世孙孔希举亲临军营,汪兴祖重礼招待。后兖东各县知道此事后,纷纷投靠明军,于是顺利拿下济宁、济南。

明太祖洪武元年(1368年),汪兴祖以都督兼右率府使身份,进攻乐安,攻克汴梁、洛阳等地。后跟随徐达进攻德州、元大都。

洪武二年(1369年)正月二十五,明征虏副将军常遇春率师从太原至大同,故大同守将竹贞等弃城逃走。二月初四,常遇春从大同返回太原,留都督同知汪兴祖将宣武、振武、昆山三卫士卒守大同。

洪武三年(1370年)二月,大同卫指挥使金朝兴攻克东胜州(今内蒙古自治区托克托县大荒城),并捕获元朝平章政事刘麟等18人,随后攻取云内州、丰州(今呼和浩特市东郊白塔村西南)。明朝依元朝旧制,设东胜州、云内州、丰州,隶属大同路管辖。

洪武三年六月,汪兴祖升任晋王府武傅,兼山西行都督府同知,所带三卫也随汪兴祖调走。

二、第二次被封东胜侯

明代授予汪兴祖的铁券（东胜侯铁券）中还有这样一段话："今天下已定，论功行赏，是用授尔开国辅运、推诚宣力武臣、荣禄大夫、柱国，封东胜侯，食禄一千五百石，使尔子孙世世承袭。"

这段话是汪兴祖在五里关战死后，明太祖朱元璋下诏写在东胜侯铁券上的。

明太祖洪武四年（1371年），汪兴祖刚被任命为晋王武傅，兼山西行都督府同知，就领命与前将军傅有德合兵伐蜀，克阶州（今甘肃省武都市）、文扶州万户府（今甘肃省文县），乘胜至五里关（华山天险第一关），但不幸在这里被飞石砸死，享年34岁。待蜀地平定后，朱元璋下诏曰：都督兴祖殁于王事，优赏其子，追封东胜侯，予世券（铁券）。

1970年10月，南京市文管会在南京中央门外一小土山南麓，西距张家洼1里，南距中央门5里的地方，发掘了明太祖洪武四年汪兴祖墓。

出土文物有宋、元官窑和哥窑瓷、金器、银器及镶金托云龙纹玉带。这副玉带板共14块，是用纯洁滋润、白如凝脂的和田白玉雕刻而成。玉带采用镂空雕法雕琢出灵芝状祥云和穿越云层间的五爪龙，层次分明，做工精细，形制特殊，纹饰精美，饱满而不失玲珑，留有宋元时期的玉雕遗风，玉带用金托镶包，显得异常精美，这是迄今为止所见明代官职最高规格的赐授玉带。

汪兴祖是不是按照皇帝儿子的规格下葬的呢？因为玉带上有五爪龙啊！

明代授予汪兴祖之铁券内容：

汪兴祖，庐州巢县人，三年大封功臣，已封为东胜侯。既而人有言其过者，上宥而弗问，然弗与诰券，俾仍以都督职，遇有征伐，自效以图实封。四年从征伪蜀，跃马直前，中矢石死。事闻，帝悼惜之，诏曰：汪兴祖攻文州，没于王事，例当倍赏，然以有过从征，赏其子白金百两，彩缎表里十二，因授兴祖以原封侯爵，赐铁券。其文曰：朕观自昔俊杰之士，当天下未定之时，能择可依之主而事之，故能佐成帝业而著其勋名焉。荣禄大夫、同知大都督府事汪兴祖，尔义父张德胜，爰自初兴，委身事朕，从渡江，克太平，定建业，取京口、毗陵、宜兴诸郡，多著奇勋，遂官枢密。及敌犯龙江，奋力前驱，战殁于阵。朕悯其劳，追封为蔡国公，以尔兴祖继承其职，复征安庆，捣浔阳，进征蕲黄，廓清江西，大战彭蠡，勋劳屡者，擢参省政。又以湖广、庐州之捷，寿春之援，升副都府。既而克海宁、高邮、淮安，以及吴兴、姑苏，亦预有功，进升同知都督府事。征取中原、山东、河洛之地，西取大同，既委守御，屡收胡虏，威名益振，可谓有功于前矣。已命德胜子宣承袭宣武卫同知指挥使司事。今天下已定，论功行赏，是用授尔开国辅运、推诚宣力武臣，荣禄大夫、柱国，封东胜侯，食禄一千五百石，使尔子孙世世承袭。朕本疏愚，皆遵前代哲王之典礼，岂期尔久处边陲，昧于省己，故遣尔征西自效，不料殒身矢石。兹给禄以养其家，侯尔子长成，袭爵授封。尔子除谋逆不宥，其余若犯死罪，亦免一死，以报尔功。於戏！功名因乎智勇，爵禄报于有功,风云际会,真千载之一遇也。惟尔遗泽,传之子孙,保于永久。尔其有知,当悉此意。

常遇春与托克托

传说:明朝开国名将常遇春在今内蒙古自治区托克托县打过两次硬仗,一次在当时的东胜州城,一次在石矶城。

常遇春(1330—1369年),字伯仁,号燕衡,南直隶凤阳府怀远县(今安徽省蚌埠市怀远县)人。元末红巾军杰出将领,明朝开国名将。

一、常遇春攻打石矶城

据《托克托县志》记载:"传说五,常遇春攻打石矶城。蒲滩拐故城遗址,民间称石矶城,在元代为屯兵之地。此城城垣高大,坐落在黄河北岸高台地上。波涛滚滚的黄河水从它脚下咆哮而过。城池似水上楼阁,元将石矶王凭借这依山傍水之险据守此城。

元末,明将常遇春奉命率众北征,从水路进发至城下,观其地形,石矶城三面环水,一面靠山,其乃谓易守难攻。传说,常遇春"力大过人,自幼习武,技艺超群。既军命在身,怎肯罢休,故下令将士攀桅破城。霎时,战鼓雷鸣,战船聚拢于城下,常遇春率将士攀橇而上。石矶王挥动三叉向常遇春刺来，常顺势咬住三叉跃上城头，率众追杀。石矶王见势已去，弃城落荒而逃。"

这则传说故事与著名的"采石矶之战"相似：

元顺帝至正十五年（1355年）六月，在采石矶（今安徽省马鞍山市之南，长江东岸）战役中，面对元朝水军的严密防守，常遇春乘一小船在激流中冒着乱箭挥戈勇进，纵身登岸，冲入敌阵，左右冲突如入无人之境。

现在采石矶临江边，有一只嵌入石头的大脚印，据说是当年常遇春登矶时用力过猛留下的。

相传，唐代诗人李白在采石矶饮酒赋诗，因酒醉赴水中捉月而被淹死，后葬于此。明代诗人梅之焕有一首《题李太白墓》的诗写道：

采石江边一堆土，李白之名高千古。

来来往往一首诗，鲁班门前弄大斧。

托克托民间传说的石矶城是托克托蒲滩拐故城遗址，故城遗址位于蒲滩拐村西的台地上，这里山势高峻，向前延伸突出，南临滔滔黄河，地理位置十分重要。据《托克托文物志》记载："根据蒲滩拐古城遗址所处的地理位置和发现的大量与战争有关的遗物，可以断定该城址是唐代的军事防御设施。"

至于是不是传说中元代屯兵之地，有待进一步考证。

二、常遇春攻打东胜州

在《托克托民间故事》之《常遇春登高破东胜》一文中讲道：常遇春攻打东胜州城时，"他苦思良久，终于经不住连日劳累伏案昏睡过去。睡梦中似有一位慈眉善目鹤发童颜的长髯老者，手执银白拂尘，身着皂青太极道袍款款而来，走到案旁附耳低语曰：大将军从南到北，长驱奔袭，所向无敌，何足为此小阻而颓丧？待来日登高北望便可。说完飘然离去。

"次日凌晨醒来，他对昨夜梦中之事仍耿耿于怀，却百思不解其意，便信步走出帐外舒展身体，猛然发现帐南的缓坡一夜长高了许多。颇有一览众山小之势。他立即想起老者让他登高北望之语，便快步奔上土丘，向北望去。"

"这一望使他惊讶不已，也让他万分窃喜。原来，他站立在此处可把东胜州城尽收眼底，城里的一切都可以一览无余。"

没过几日，常遇春便带领将士们攻下东胜州城。

这则故事，与常遇春大战九华山时"寻水的故事"有相似之处，都无从查考。

传说，常遇春率领军队进驻九华山时，适逢天旱无雨，士兵饮水困难。于是，他亲自带领将士在九华山下寻水，忽然在五溪桥南边挖出六股泉水，解决将士饮水困难。

明太祖洪武二年（公元1369年）七月七日，常遇春自开平（今内蒙古自治区正蓝旗东）率师南归，行至柳河川（今河北省龙关县西）突然病卒，年仅40岁。

常遇春逝世后，很多地方为他建祠祭祀。

朱元璋还赋诗一首：

朕有千行生铁汁，平生不为儿女泣。

忽闻昨日常公薨，泪洒乾坤草木湿。

清 代

康熙与托克托

内蒙古自治区托克托县作为黄河上中游的分界,水流平缓,曾为我国北方地区重要的水陆运输命脉之一。沿上游可进入巴彦淖尔市、宁夏回族自治区、甘肃省,沿下游可进入山西省、陕西省。据《朔漠方略》记载:"湖滩河朔,汉人称此为脱脱城。此即黄河之岸,问彼岸仰射之,朕及皇长子新满洲之善射者,射过甚易,波流亦缓,非南方黄河之比。"这里的脱脱城指的就是托克托城。

托克托的河口古镇曾是一个商业物资的集散地,也是历代兵家必争之地。清康熙皇帝亲率几十万大军两次从这里渡过黄河与噶尔丹交战。

康熙三十五年(1696年)十月,康熙第二次亲征噶尔丹,十月十二日立冬日驻跸于归化城东部的白塔,十月十三日驻跸于归化城的小召。

十月二十八日,康熙亲率大军来到今托克托县的黄河边。当时,黄河正是流凌期,还未结冰。大军不能渡河,于是暂驻湖滩河朔。

在等待过河期间,康熙来到脱脱城。因康熙在十月二十三日发出一道命令:"命督运于成龙等,运湖滩河朔仓米一千五百石至大将军伯费扬古军前喀喇穆冷地方(今四子王旗北部)。"所以,他首先视察了军粮储备地脱脱城,并写下这首诗:

脱脱城

土墉四面筑何坚,地压长河尚屹然。

国计思清荒服外,早将粮粟实穷边。

这首诗的大概意思是说:夯土筑城坚固无比,在黄河岸边巍然矗立。操劳国事是为了国泰民安,又怎能忘了边远地区,早早就把粮食运过去充实边疆的民力。

康熙视察军粮储备之地脱脱城后,望着滔滔黄河水,很有感触地写下第一首关于黄河的长诗《黄河》,并作了序。

序言开首则写道:"河源发于塞外,流经万里余,始由中土入海。曩曾遣使探流穷源,河之为利为害,莫不洞悉。近以巡省边隅,驻跸湖滩河朔。一水潆洄,自西北来,流不甚浊而波缓,岸隑而土坚。白草萧萧,黄沙弥望,其中环抱,约地千二百余里,草丰水美,便于畜牧。明弘治间,沦于外彝,地逼秦境,时相窥扰,故诸臣每言不宜弃此。众议纷然,人多不察,恒惜其言之未用。然使当日即用其言,加兵塞外,揆理度势,岂遂能驱而远之?亦必徒劳士马耳。朕常以收复河套之论,谓其心忠于国则可;谓其卓见事机,言之可行,则未然也。国家威德所布,龙荒大漠与河套尽入版图,诸防古岁修贶贡,奉职惟谨;非务德意绥柔,讵兵力之所可制耶?故临流增思,诗示永久。"

关于黄河的诗如下：

黄河其一

洪流远且长，迢遥逾塞垣。

旋绕几曲折，沙杂波涛浑。

渐下渐开拓，建瓴势迅奔。

所经虽绵邈，脉络自有根。

东南藉挽输，疏瀹频讨论。

昔岁省堤防，淮济亲临轩。

今兹历大荒，羽卫成云屯。

峻嶒两岸间，天寒落涨痕。

冰澌断更续，晶晶耀朝暾。

此中地沃饶，水草佳且繁。

昔人议收复，斯举诚难言。

观俗抚幽遐，老幼争攀援。

殊方亦苍赤，咸施沐浴恩。

期令归化意，来者如河源。

昼夜入沧海，包括弥乾坤。

等到十一月三日，康熙泛舟黄河，见"流凌始下，舟行之
顷，河水莹洁，波浪忽平"，一时诗兴大发，又写下关于黄河的
第二首诗：

黄河其二

黄涛何汹汹，寒至始流凌。

解缆风犹紧，移舟浪不兴。

威行宜气肃，恩布觉阳升。

化理应多洽，嚣氛顷刻澄。

说来也怪，十一月五日夜，天气骤寒，人报湖滩河朔南"喀林拖会"（河水转弯）处结冰。据《清实录》记载："时天气温暖，自喀林拖会东西数里外，河水湍疾，独军渡之外，冰坚盈尺。上命军士等分三路垫土，淄重渡河，如履平地"。

待十一月六日将士们顺利渡河后，康熙大喜，挥毫写下《冰渡》一诗：

冰渡

云深卓万骑，风尽响千旗。

半夜河冰合，安然过六师。

这首诗的大概意思是说：战云密布，数万骑兵集结在岸边，狂风扫过，军旗猎猎飞扬。半夜突然河面封冻，千军万马安然越过天堑。

当康熙看着将士们渡河后，仍在寒风刺骨的冬天里行进，随后又写下《晓寒念将士》一诗：

晓寒念将士

长河冻结朔风攒①,带甲横戈未即安。

每见霜华侵晓月,最怜将士不胜寒。

康熙三十六年(公元1697年)三月,康熙再次西征噶尔丹。噶尔丹兵败,服毒自杀。康熙凯旋,为巡视宁夏黄河,康熙特从宁夏横城(今银川市兴庆区)乘舟顺流而下。

四月十五日,康熙来到湖滩河朔。在船上,他即兴写下《黄河舟行即事》一诗:

黄河舟行即事

五月山巅雪,四时不见花。

临流皆险浪,步岸是丛葭。

以为万年计,身离百日家。

郅支函首至,从此靖龙沙。

这首诗的大概意思是说:五月的山顶上都是雪,一年到头看不见花草。河里水急浪大,上了岸芦苇丛生。为了万年平安,已经离家百日。好在叛乱头领的脑袋已经装在匣子里送来,从此边疆太平无事了!

———————————

① 朔风攒: 寒风刺骨。

康熙离舟登岸，又乘马于陆路行猎，与大军会合，于五月回京。在与大军会合前，他又写下《行围》：

行围

地敞沙平河外天，合围雉兔日盈千。
筹边正欲劳筋骨，时控雕弧左右弦。

这首诗的大概意思是说：黄河边的沙地漫漫一直到天边，每天围猎的野鸡野兔多过一千。筹划治理边地，闲下来正想活动活动筋骨，兴致来了跃上马背左右开弓箭！

清代的仓廒与托克托

　　《水浒传·林教头风雪山神庙场》写道："正是严冬天气，彤云密布，朔风渐起，却早纷纷扬扬卷下一天大雪来。林冲和差拨两个在路上，又没买酒吃处，早来到草料场外。看时，一周遭有些黄土墙，两扇大门。推开看里面时，七八间草房做着仓廒，四下里都是马草堆，中间两座草厅。到那厅里，只见那老军在里面向火。差拨说道：'管营差这个林冲来，替你回天王堂看守，你可即便交割。'老军拿了钥匙，引着林冲，分付道：'仓廒内自有官司封记，这几堆草，一堆堆都有数目。'"

　　这里的"仓廒"是储藏粮食的仓库，我们今天讲的是清朝年间的"仓廒"——在今内蒙古自治区托克托县双河镇城圐圙（明东胜卫城）内西南角有一仓廒遗址。南北约500米，东西约300米，地势起伏不平，地表残砖破瓦颇多，当地人称"仓房圪旦"。

　　据《钦定大清会典则例》记载：康熙"三十二年（1693年）奏准湖滩河朔建造仓房一百五十四间。三十六年（1697年）题准湖滩河朔建造仓房五十间。"另据《扈从集》记载："岸北（黄河北岸）有土城十大余里，名曰脱脱城，相传为脱脱所筑，城内荒芜,今惟筑仓廒贮粮即向军所运者。"

据中华民国十二年(1923年)移交的清册记载,当时的仓廒是按照南北朝时期的南朝人周兴嗣编纂的《千字文》排列的,但已不全了。

《千字文》的部分内容:"天地玄黄,宇宙洪荒。日月盈昃,辰宿列张。寒来暑往,秋收冬藏。闰余成岁,律吕调阳。"而实际情况是:现存地、黄、宇、日、月、盈、宿、列、张、来等字廒十座,共五十间。

经查,军需和常平二仓原各储谷10万石,至清光绪十八年(1892年)六月存4000余石,至光绪三十二年(1906年)"来"字廒实储谷2727石。

仓廒不仅用于军需,而且造福于民。

一、军需

托克托地处黄河上游和中游分界点,黄河弯曲处的北岸,自古以来就是通往鄂尔多斯各地的一个重要渡口。

清康熙三十五年(1696年),康熙御驾亲征,率六师来到湖滩河朔,驻跸托克托。十月二十三日,命督运于成龙等,运湖滩河朔仓米1500石,送至驻扎在喀喇穆冷的大将军伯费扬古军前。此前早已建成的托克托城仓廒贮粮在关键时刻派上了用场。

据猜测,康熙当时让于成龙运粮给伯费扬古的原因是,五月在图拉作战的西路大军统帅伯费扬古,曾给皇上疏奏道:"西路有草之地为贼所焚,我军每迂道秣马,又遇雨,粮运迟滞,师行七十余日,人困马疲,乞上缓军以待。"

另据《清圣祖实录》记载,"康熙三十五年(1696年)十二月,上怒曰:达都虎摇惑众心,可斩也。如粮尽,则取湖滩河朔之米。"

由于托克托所处地理位置的重要性,清廷又于清雍正十二年(1734年)在原有基础上扩建军需和常平二仓各一。

二、民用

托克托仓廒不但在军事上曾起重要作用,而且在灾年中亦起过赈救灾民的作用。清道光、咸丰、光绪年间多有水旱灾,厅署开仓救济灾民,并贷给籽种。

据《绥远通志稿·灾异》记载:"道光三十年秋,黄河大涨,河口镇水与堤平。公街乡耆昼夜督工,加修堤堰。经数日,水不稍退。七月二日夜,天大雨,彻夜不止。平地水深数尺。黎明镇之东南皮条沟附近之堤防溃决,逆流入镇。全镇顷刻已浸入巨浪中。商店民屋,悉被冲毁,仅留沿堤高处之房数十所。浸渍月余,水始尽退,损失财产值数百万金,幸少伤残人口。南滩一带,被灾尤重。镇东之前双墙村,亦同遭淹没焉。相传河口镇经此次大水,巨商多有移往包头者,市况稍衰。"

清咸丰六年(1856年),黄河在包头东瓦厢(铜瓦乡)处决口,土默川南部一片汪洋泽国。萨拉齐以东至托克托一带平地可行舟船。河水漫漫,主流难辨,南海子以东黄河一度断航,对河口商业影响显著。几年后,黄河主流南移,支流归漕。河口商者积极筹措复航事宜,南海子以东水运又复畅通。清廷曾令萨拉齐、托克托两厅赶造河船100艘,以加强黄河运输。

据《绥远通志稿·县城》记载:"清德宗光绪三十年,河水决口,托城、河口镇被灾甚巨。三十一年,将坝顶展筑加宽,自后水患稍纾,岁修勿替。"

上述灾情以清道光三十年(1850年),清咸丰七年(1857年)的水灾严重,清政府各赈灾民一月口粮。

清乾隆二十三年(1758年),托克托城借谷于土默特18000石,以应急需。

刘墉与托克托

　　由李保田、张国立、王刚、邓婕主演的40集电视连续剧《宰相刘罗锅》家喻户晓。这部连续剧讲的是清朝乾隆年间，山东青年刘墉进京赶考，在京城因缘巧遇皇上，并与皇上下了一盘棋。没想到从此他与皇上的宠臣礼部侍郎和珅结下不解的怨恨。因为背负罗锅，刘墉又称"刘罗锅"。

　　刘墉（1720—1805年），字崇如，号石庵，另有青原、香岩、东武、穆庵、溟华、日观峰道人等字号。渚城县逢戈庄（原属诸城，今属山东省高密市）人，乾隆十六年（1751年）中进士，大学士刘统勋的儿子，官至内阁大学士，吏部尚书，体仁阁大学士。刘墉的传世书法作品以行书为多。

　　内蒙古托克托县博物馆内陈列着清代书画家、政治家刘墉的两幅书法作品：一幅是评价黄庭坚行书《经伏波神祠诗》的书法作品；另一幅是书写柳宗元的《种树郭橐驼传》的书法作品。

　　经考查，刘墉的父亲刘统勋曾经到访过今内蒙古自治区托克托县的河口古镇。

一、刘统勋私访托克托县河口古镇的享荣木店

清乾隆年间,山西吏治废弛,贪腐成风。当时,归化、绥远两城同属山西省管辖,朝廷从山西布政使蒋洲的贪污案中发现,绥远城将军保德有私自开采乌拉山林木之嫌疑。因此,乾隆下旨命刘统勋前来查办。在查办过程中,刘统勋以山东贩布客商的身份,曾到访托克托河口古镇的享荣木店,并小住几日。待查得一清二楚后,返回绥远城。

二、托克托博物馆刘墉两幅书法作品的内容

刘墉对黄庭坚书法研究较深,刘墉行书《评黄山古经伏波神祠轴》云:

"黄文节公书刘宾客《伏波神祠》诗,雄伟绝伦,真得折钗屋漏之妙。公尝自言:黄龙山中,忽悟草书三昧。又云:自喜中年字书稍进。此书题后云:持到淮南示故旧如何。此书真迹现在亦不免坡公所识。"

刘墉书法作品中提到的黄文节公即黄庭坚。黄庭坚(1045—1105年),字鲁直,号山谷道人,晚号涪翁,洪州分宁(今江西省九江市修水县)人,北宋著名文学家、书法家。与张耒、晁补之、秦观等游学于苏轼门下,生前与苏轼齐名,世称"苏黄"。1275年,谥"文节"。

刘墉书帖中提到的黄文节公的行书《经伏波神祠诗》是黄庭坚应其从弟黄叔向之请而书,所书内容为唐代诗人刘禹锡

的五言排律《经伏波神祠》诗及长跋。

在这里,刘墉对黄庭坚的书法成就佩服得无以言表,称其书法作品是"雄伟绝伦,真得折钗屋漏之妙"。

刘墉作品中提到的刘宾客即刘禹锡。刘禹锡(772—842年),唐代文学家、哲学家,字梦得,洛阳人,《陋室铭》作者。841年,加检校礼部尚书衔,任太子宾客,世称刘宾客、刘尚书。晚年与朋友白居易、裴度、韦庄等交游赋诗。

经伏波神祠

[唐] 刘禹锡

蒙蒙篁竹下,有路上壶头。
汉垒麋鼯斗,蛮溪雾雨愁。
怀人敬遗像,阅世指东流。
自负霸王略,安知恩泽侯。
乡园辞石柱,筋力尽炎洲。
一以功名累,翻思马少游。

陈列在托克托县博物馆内的另一幅刘墉的书法作品,是书写柳宗元的《种树郭橐驼传》。

种树郭橐驼传

[唐]柳宗元

郭橐驼,不知始何名,病偻,隆然伏行,有类橐驼者,故乡人号之"驼"。驼闻之曰："甚善，名我固当。"因舍其名，亦自谓"橐驼"云。

其乡曰丰乐乡，在长安西。驼业种树，凡长安豪富人为观游及卖果者，皆争迎取养。视驼所种树，或迁徙，无不活，且硕茂，早实以蕃。他植者虽窥伺效慕，莫能如也。

有问之，对曰："橐驼非能使木寿且孳也，能顺木之天，以致其性焉尔。凡植木之性，其本欲舒，其培欲平，其土欲故，其筑欲密。既然已，勿动勿虑，去不复顾。其莳也若子，其置也若弃，则其天者全而其性得矣。故吾不害其长而已，非有能硕茂之也；不抑耗其实而已，非有能早而蕃之也。他植者则不然，根拳而土易，其培之也，若不过焉则不及。苟有能反是者，则又爱之太恩，忧之太勤，旦视而暮抚，已去而复顾。甚者，爪其肤以验其生枯，摇其本以观其疏密，而木之性日以离矣。虽曰爱之，其实害之；虽曰忧之，其实仇之。故不我若也。吾又何能为哉？"

问者曰："以子之道，移之官理，可乎？"驼曰："我知种树而已，官理，非吾业也。然吾居乡，见长人者好烦其令，若甚怜焉，而卒以祸。旦暮吏来而呼曰：'官命促尔耕，勖尔植，督尔获，蚤缲而绪，早织而缕，字而幼孩，遂而鸡豚。'鸣鼓而聚之，击木而召之。吾小人辍飧饔以劳吏者，且不得暇，又何以蕃吾生而安吾性耶？故病且怠。若是，则与吾业者其亦有类乎？"

问者曰："嘻，不亦善夫！吾问养树，得养人术。"传其事以为官戒也。

附：《种树郭橐驼传》全文翻译：

郭橐驼其人，不知原名什么。他患有伛偻病，行走时背脊高起，脸朝下，就像骆驼，所以乡里人称呼他"驼"。橐驼听到后说："很好啊，给我取这个名字挺恰当。"于是，他索性放弃了原名，也自称橐驼。

他的家乡叫丰乐乡，在长安城西边。郭橐驼以种树为职业，长安城的富豪人家种植花木以供玩赏，还有那些以种植果树卖水果为生的人，都争着迎接他。大家看到橐驼所种或者移植的树，没有不成活的，而且长得高大茂盛，果实结得又早又多。别的种树人即使暗中观察模仿，也没有谁能比得上。

有人问他树种得好的原因，他回答说："我郭橐驼并没有能使树木活得久、生长快的诀窍，只是能顺应树木的自然生长规律，让它充分生长罢了。大凡种植树木的特点是：树根要舒展，培土要均匀，根上带旧土，筑土要紧密。这样做了之后，就不要再去动它，也不必担心它，种好以后离开时可以头也不回。栽种时要像抚育子女一样细心，种完后要像丢弃它那样不管。那么它的天性就得到保全，从而按它的本性生长。所以，我只不过不妨害它的生长罢了，并没有能使它长得高大茂盛的诀窍；只不过不压制耗损它的果实罢了，也并没有能使果实结得又早又多的诀窍。别的种树人却不是这样，种树时树根卷曲，又换上新土；培土不是过紧就是太松。如果有与这个做法不同的，又爱得太深，忧得太多，早晨去看了，晚上又去摸摸，离开之后又回头去看看。更过分的做法是，抓破树皮来验查它是死是活，摇动树干来观察培土是松是紧，这样就日益背离它的天性了。这虽说是爱它，实际上是害它；虽说是担心它，实际上是与他为敌。所以，他们种植的树都比不上我种的，其实，我又哪里有特殊能耐呢?"

问的人说："把你种树的方法，转用到做官治民上，可以吗?"橐驼说："我只知道种树而已，做官治民不是我的职业。但是，我住在乡里，看见那些当官的喜欢不断地发号施令，好像很怜爱百姓，结果却给百姓带来灾难。早早晚晚那些小吏跑来大喊：'长官命令，催促你们耕地，勉励你们种植，督促你们收割，早些煮茧抽丝，早些织你们的布，养好你们的小孩，喂大你们的鸡、猪。'一会儿打鼓招聚大家，一会儿鼓梆召集大家，我们这些小百姓放下饭碗去招待那些小吏都忙不过来，又怎能使我们人丁兴旺、人心安定呢? 所以，我们既困苦又疲劳。如果我说的这些切中事实，它与我的同行种树大概也有相似的地方吧?"

问的人说："真好啊! 这不是很好吗? 我问种树，却得到了治民的方法。"于是，我把这件事记载下来，作为官吏们的鉴戒。

土默川上的黄河水驿、官渡及水运

一、概述

一方水土养一方人,也造就一方的人文情怀,一段历史凝聚一方的地方文化,这就是人们常说的地标文化。

先讲土默川平原:当代地理学者将土默川平原分为东、西两段,西起包头市昆都仑河以东,东至土默特旗察素齐镇到托克托县双河镇,北起大青山,西南至黄河,为西段土默川平原;土默特旗察素齐镇到托克托县双河镇一线以东,呼和浩特市赛罕区太平庄镇以西,南到清水河县喇嘛湾镇,为东段土默川平原。

西段土默川平原面积为3350平方公里左右,平均海拔1000米左右。河漫滩主要分布在黄河北岸,有高、低两部分。低河滩分布在土默特右旗、土默特左旗、托克托县及清水河县沿黄河边缘地区,面积比较小。高河滩分布于黄河北岸大部分地区,高出水面1.4至2米。东段土默川平原面积为4550平方公里,地势东北高,西南低,平均海拔1100米。

古代,土默川上有许多比较大的湖泊,如古沙陵湖,故地在今呼和浩特市托克托境内。据《水经》和《水经注》记载,西汉云中郡沙陵县西有一沙陵湖,白渠水(大黑河)注入,湖水西南注入黄河。隋唐时称之为金河泊,清代改称黛山湖。

今呼和浩特市土默特左旗境内的哈素海,是黄河变迁后留下的牛轭湖,接受民生渠、水间沟、美岱沟的水量补充。湖水面积为34.3平方公里。湖的南面建有退水闸,与黄河相通,该湖实际上是一座平原水库。

再说黄河:黄河是我国的第二大河,是中华民族的摇篮。据《绥远概况》记载:"自包头南海子下行,至托克托属之河口镇,计二百四十余里;尽属沙河,舟行无阻。再往前至山西之河曲县二百余里,为石河。"

黄河土默特段,由于在北纬40度以上,受寒潮降温影响较大,每年流凌和封冻都比较早,一般在11月中旬流凌,12月初封冻。每年开河多是平直河段先开,弯道狭窄河段后开;上游先开,中游后开。

黄河从包头市至呼和浩特市托克托河口古镇的弯曲度为1.25度,坡度小,水流平稳。

呼和浩特市托克托海生不浪(拉)文化遗址位于黄河上游与中游的分界处,这处新石器遗址曾经发现许多珍贵的彩陶,是内蒙古自治区乃至黄河沿岸彩陶艺术的代表。

据《尚书·禹贡》记载,战国前从黄河上游青海省,经土默川地区,至陕西省潼关已通航,此为黄河上游与中游间通航的最早记载。

唐代重视黄河水的开发和利用,朝廷大力恢复农业。据《旧唐书·食货志》记载,唐玄宗开元、天宝年间(公元713—756

年)，"振武(东受降城)、天德(中受降城)良田，广袤千里"。并设六城水运使，专营境内黄河水运。

黄河中下游是中华民族发祥地，人们很早就对黄河中下游河道等地理特征有所了解。然而，对于黄河上游的地理认识却经历了漫长的过程，直到元代专门派遣考察队实地踏勘河源，才开始弄清黄河上源的地理情况。

二、元明清时期的情况

土默川地区的历史内涵极其丰富，且远源流长。讲到文明和文化，必然要讲到黄河、草原、西口、寺庙、水驿、渡口、河运等文化元素。

讲到元代的水驿，我们先从郭守敬说起。郭守敬是元代的科学家，是现在地理学上"海拔"概念的创始人。

元世祖至元二年(1265年)，郭守敬升任都水少监后，在黄河上游到中游间兴修了许多重大的水利项目。这些水利项目是送给当时内蒙古自治区土默川老百姓的最大的福利，进而也奠定了今内蒙古自治区托克托县河口镇在黄河水运中的枢纽地位。

大约在元世祖中统三年(1262年)，元世祖忽必烈统一中国北部黄河流域的大片土地后建立王朝，当时屡受战争破坏的社会经济正待恢复和发展。忽必烈为了巩固新王朝的统治，采取恢复生产的措施。这时，中书左丞张文谦向忽必烈推荐了郭守敬，说他"习知水利，巧思绝人"。于是，忽必烈就在元上都(今内蒙古自治区锡林郭勒盟正蓝旗附近)召见郭守敬。郭守敬当时向忽必烈提出修复水利的6点建议,忽必烈听后非常高兴,也很赏识他的才干,马上派他去帮助治理各地的河道工程。这时候,郭守敬才32岁,第二年,忽必烈提拔他为"河渠副使"。

升任"河渠副使"后,于元世祖至元元年(1264年)跟随张文谦来到西夏故地。当时,张文谦以中书左丞行省西夏故地(今宁夏回族自治区、甘肃省和内蒙古自治区的部分地区),整顿吏治,兴学重教。张文谦支持郭守敬对数十条渠道进行疏浚修复,使西夏故地再现"塞北江南"的景象。

第二年,郭守敬自中兴(今宁夏回族自治区银川市)返回中都(今河北省张北县馒头营乡)途中,特命舟船顺流而下,经4天4夜到达东胜州,郭守敬亲身试航来证明此段黄河可以漕运。同时,他还考察了查泊、兀郎海一带。郭守敬认为,这一带古渠颇多,重新修复后可以利用。据《郭守敬传》记载:"舟自中兴沿河四昼夜至东胜,可通漕运,及见查泊、兀郎海古渠甚多,宜加修理。"

根据郭守敬的科学论证,忽必烈于元世祖至元四年(1267年)七月,降旨自中兴路至东胜州,设立10处水上驿站。此段漕运的开辟和水上驿站的设立,便利了西夏故地粮食外运。尤其是设在东胜州的3个水上驿站极大地改善了西夏故地与元上都、元大都的交通状况,加强了西夏故地与元朝中央的联系。正如《绥远通志稿·水路》所载:"而自西徂东,以达于各地者,盖以东胜为集散转运之地。今之托河即古之东胜也。"

据《永乐大典》记载,当时,10处水驿用水手248名,驿船60艘。第二年新造30艘,修理旧船36艘,并设巡军以利水驿。

今内蒙古自治区呼和浩特市托克托河口是元代黄河水运北国水驿第一站。东胜州作为北国水驿的起点及首创,在史册上再次引人注目。

当年,郭守敬的老师刘秉忠来到北国第一水驿,写下《东胜道中》一诗:

天荒地老物消磨,赢得诗人感慨多。

两鬓黄尘秋色里,又投东胜过黄河。

这首诗里的"又"字说明,刘秉忠不止一次到过今内蒙古自治区呼和浩特市托克托县,这件事有待进一步考证。

郭守敬活了87岁。目前,在北京市西城区德胜门西大街甲60号有他的纪念馆,位于什刹海西海北岸的汇通祠内。纪念馆内有4个展厅,介绍郭守敬的生平及其成就。

宁夏建有郭守敬祠堂,以纪念他在西夏故地治水的功绩。

明代的水运:明朝初期,在今黄河北岸的内蒙古自治区托克托县双河镇设置了东胜卫、清水河老牛湾附近设置了水泉营堡,以便防守。由于战争,明朝统治时期,黄河的航道被阻断、缩短,因此,土默川上的黄河水运时开时禁,远不及元代的繁盛。

清代的官渡:内蒙古自治区呼和浩特市托克托县的河口,蒙古语称"湖滩和硕",因发源于阴山山脉大青山段的大黑河,自北向南注入黄河,在河口相汇,形成一个形似鸟嘴的"岬",故而得名。

关于湖滩和硕,据《绥远通志稿·要隘》记载:"考湖滩河朔之著于世,因其地设有官渡,并有巡河防御官驻扎。故当清初康熙帝亲征噶尔丹,道出此间,鉴于河防之重要,乃谕令归化城土默特旗增设巡河防御二员,巡丁若干,分驻于南海子与湖滩河朔两地。而湖滩河朔巡河防御驻地虽在河口,但其所辖应巡之界,则南暨于喇嘛湾。"

康熙三十一年(1692年),清廷为了传递信息便利快捷,加强内蒙古地区与中原地区的联系,敕令内大臣阿尔迪、理藩院尚书主持开辟杀虎口、张家口等5条驿路。

西路从杀虎口北到归化城,继而由归化城西南经杜尔格(今托克托县伍什家村),从河口处过黄河进鄂尔多斯。河口处成为连接这一驿路的必经渡口。

康熙三十五年(1696年)十月,为征讨准噶尔部首领噶尔丹,康熙御驾亲征,经上述路线,驻跸归化城。十月二十八日,康熙率领大军来到今托克托县河口村的黄河岸边。

康熙三十六年(1697年)三月,为征讨准噶尔部首领噶尔丹残部,康熙第三次御驾亲征,出京城,经大同,过保德、榆林、定边,赶赴宁夏。最后,噶尔丹兵败、服毒自杀。大军取得胜利后,为巡视宁夏黄河,康熙特从宁夏横城(今银川市兴庆区)乘舟顺流而下。

那天,横城古渡上飘着康熙的101艘随驾船,其中楼船有3艘,官员和侍卫坐船96艘,能够载马匹的大船2艘。四月十五日,顺流来到湖滩和硕。康熙离舟登岸,又乘马于陆路行猎,与大军会合,于五月回京。

同年,康熙晓谕土默特两翼都统,于黄河东岸畔设湖滩和硕和毛岱(土默特右旗境内)2处官渡,官渡各设官船2只,渡口防御,骁骑校各1员,士兵50名守护。官渡是负责递送往来公文,并盘查过渡的骟马、犯禁等物。遇有公文折报随时随渡。

毛岱官渡于同治十三年(1874年),因黄河南移,改设于包头以南的南海子,而湖滩和硕官渡一直沿用下来。

元明清时,黄河水运带动商业繁荣,据《史记·河渠书》记载,司马迁曾经巡踏全国诸水,巡黄河"北自龙门至于朔方"。

朔方故地在今杭锦旗北部,司马迁这次巡黄河自龙门乘舟上溯至朔方地,土默川地段是其必经的水路。当他看到这里的秀丽风光和一望无际的大草原时,赞不绝口。

黄河是土默川地区的天然屏障,同时又阻塞着东西、南北交通,加之又有阴山作为依托,因此土默川上的黄河在历史上的战略地位十分重要。

北魏太武帝始光四年(427年)3月,为征伐大夏赫连昌"治执金吾恒贷造桥于君子津"。5月,太武帝率军渡桥西征。这是到目前为止,查到关于土默川境内黄河上建桥最早的记载。

元明清时期,黄河上中游的行人商旅在土默川上的河口古镇上岸,经今呼和浩特市,北出白道岭,东北行至天山道。

元明清时,土默川上的黄河水运最繁忙的码头当属河口古镇。河口古镇坐落于土默川南端黄河与大黑河的交汇处,水运优越,背负辽阔平原,便于陆路开通,又与晋北、陕北相离不远。驿道之外,又有驼道、车马道、驴骡驮道等"高脚"陆路从河口古镇向周边地区辐射。

到清朝,经河口古镇的水旱码头进行水运交易的:上游及后套等地的粮油、甘草、盐碱、苣荄、红柳、皮毛、木料;中游河曲、保德、偏关、府谷及准格尔等地的煤炭、石器、粗瓷、木料等。此外,还有山西朔县、平鲁、左云、右玉等地的生铁坯子、黑白砂瓷器、花椒、梨枣、苇席、油料等;北京、天津、唐山、张家口、归化城、大同等地的贡砖茶叶、布匹、丝绸、日用百货。

这一时期,河口古镇成为中国西北部重要商货交易市场,关内移民纷纷至此,商贾云集。此时,大小商铺200余家,铺伙2823人,船只200余艘,河工千余人。

大的商铺有经营木材的享荣木店及原木板店,经营陆陈行的福盛成,经营干货杂货的永顺成、惠德成、福兴隆及庆隆店,经营甘草及瓷器的德顺厚及公义昌,经营油酒的双和店、永隆昌及永和昌,经营米面的同心和,经营瓷厂及草店的荣昇昌及裕隆店,经营盐碱的钰生昌,经营布匹绸缎的德厚永,经营山货的三星聚、复兴明、复兴玉及景兴恒,经营药材的德合堂及福合泉,经营当铺及钱行的清宁当等。

在这些商铺中,最有名的当属享荣木店,因为这家木店是清朝军机大臣、东阁大学士刘统勋私访过的地方。当年,刘统勋受乾隆皇帝之命,调查绥远城将军保德时,曾到访河口古镇的享荣木店。

中华民国时期

王兰友与托克托

在《托克托县志》里，可能遗漏了一位中华民国时期托克托县县长。这位县长的名字叫王兰友，字德正。

许多年前，在内蒙古自治区托克托县中滩乡中滩大队中滩村原生产大队院内，有一块被深埋于地下的石碑，上书："署理托克托县县长王公兰友德正"14个楷书大字。可是，王县长却没有被载入托克托的史册。

1928年，归绥地区持续干旱，田禾未种。地方人士倡导以工代赈，开挖渠道。

1929年，24岁的埃德加·斯诺来到绥远省采访，目睹灾荒的状况，写下长篇报道《拯救二十五万生灵》和《饥民的寺院①》。

当时的绥远都统兼赈务督办李培基，提议在灾民最多的萨拉齐、托克托二县开挖民生渠。民生渠长195里，由现在的磴口黄河北岸筑口设闸，途经土默川西中部的包头市郊区、土默特右旗、土默特左旗和托克托县4个旗县区。最后，经托克

---

① 寺院，指呼和浩特市的崇福寺，也称小召。

托县什力邓等村,过托克托城西,到河口直入黄河。

但是,民生渠的修筑,还是不能从根本上解决托克托县境内的旱灾。是年秋,王兰友调任托克托县知事,是年冬改知事为县长。

于是,地方人士在王兰友县长的带领下,决定以工代赈,另辟蹊径,兴修"民利渠",并与民生渠先后开工。

渠口设在托克托县境的李三壕(今属土默特右旗),距托克托县城西70里。

干渠长70里,开口宽16.7米,深2米;梢宽10米,深1.3米;渠背厚1.7至2米,高1至1.33米。

引黄河水,经敏口、张立文尧、皿鸡、庆龙店、韩二窑、三岔口、程奎海、王三成圪梁(以上村今属土默特右旗)、小把栅、中滩、和尚营村,退入民阜渠。

1929—1931年,共灌溉农田1780余顷,沿渠农户实惠均沾。

待支渠等完全告成后,实用款37248.2元,可灌田4000余顷,年增收粮食20000石。

民国十八年春成立的水利社,先设在中滩,后移县城,民利渠为官督民办。

中滩村原生产大队院内尚有一块镌刻于1930年榴月的石碑,记述了修该渠的经过。

这块碑高204厘米,宽76厘米,厚19厘米。碑足高13厘米,宽30厘米。碑身顶端呈椭圆形,拱高36厘米,周边用8厘米宽的莲弧纹装点。碑正面上端竖书"流芳"二字,左书"恭维"二字,其下中央竖书"署理托克托县县长王公兰友德正"14

个楷书大字,左书"中华民国十九年榴月穀旦①"。

碑面四周饰以8厘米宽的八洞神仙图案边框。左是汉钟离、铁拐李、韩湘子、何仙姑,右是张果老、吕洞宾、曹国舅、蓝采和。每位仙人都用山水画衬托,腾云驾雾,栩栩如生。

碑身背面上端竖书"万世"二字,其下中央竖书小楷修渠经过。据《托克托史话》记载:其文曰"莫之为而为,虽美不彰。莫之致而致,虽成弗传。而德及万民,功垂百世,岂莫之为而为,莫之致而致耶!故书之得,不彰而传。时我县旱魃为灾,已数稔,哀鸿遍野,待哺嗷嗷迁徙流亡。实有岌岌不可终日之势,历任邑官,招缓之术辄,求去吾人之疾苦,而无告矣,所幸无不我弃。戊辰子旦秋日,王公兰友莅宰吾邑,下车伊始,即谋拟济之方,乃开凿民利渠,以工代赈,而数万灾黎不至于流离失所,迨己巳秋而渠成,周边方圆数千顷,昔日之赤地千里,今则绿荫满夜,亿兆丰年,饮水思源,不忘王公之德,百世而传之,以志不朽云"。

北京大学教授杜若明释译碑文如下:

没人让做却做了,这是天意,虽然美善,但不能推广发扬;没想能得到却得到了,这是命运,虽然获得成功,但无法传扬。可恩德惠及万民,功业流传百世,就不是单单靠天意命运能够做到的了。因此要书之史册,使美名流传。当时,我县旱灾肆虐,持续数年,全县哀鸿遍野,百姓啼饥号寒,离乡背井,四处流亡,局势可以说是岌岌可危。几任县长,赈灾乏术,束手无策,靠他们去除百姓疾苦,实在是靠不住。所幸上天不弃

---

① 榴月,阴历五月;穀旦,良辰,晴朗美好的日子,旧时常用为吉日的代称。

我民,戊辰年秋,王兰友县长到我县上任。一到任,就研究救灾之策,决定开凿民利渠,引水抗旱。采用以工代赈的方式,招募百姓修渠,使数万饥民得衣食之助而免于流离失所。到己巳年秋,水渠竣工,周边数千顷农田,昔日草木枯萎,现在绿茵遍野,丰收在望。饮水思源,王公的恩德当永志不忘。

其右落款:出生山西记议局自治研究毕业生优等学员陈公明敬撰并篆额①,师范传习所毕业,县政府一等书记胡超敦书,托克托县商务会主席康永祥。

发起经理人:托克托县第一区长丁水云,托克托县河口镇商务会主席耿成,托克托县城市街长李昌。民办经理:张玉琼、李永清、王尚清、邬忠厚、赵宏太、王治和与总监工张守智。贺成沐恩各村:中滩村、和尚营村、沙拉胡滩村、把栅村、厂汗不郎、王三成圪梁村。隋敬之匾:托克托县河口镇街长王悦相。绥远石铺玉石工崔。

碑座完好无损,长79厘米,宽56厘米,高43厘米。正面与两侧分别凿浮雕莲花纹等图案。

---

① 篆额,碑刻术语,汉代以后的各种碑刻之上端,称碑头或碑额,因碑额上所题字多用篆书,遂称"篆额"。

阎锡山与托克托

1911年10月10日，武昌起义成功后，各省纷纷响应，脱离清朝统治，宣布独立。

10月29日，山西新军起义夺取太原。当时的山西省清军为积极配合武昌起义，杀了山西巡抚陆钟琦，成立山西军政府，推举新军标统①，同盟会会员阎锡山为都督。

当时归绥地区的革命党人云亨、王定圻、杨云阶闻讯同杨瑞鹏等同盟会会员，分别从北京、太原等地火速赶回归绥、包头、萨拉齐，和留在当地的同盟会会员经权、郭鸿霖等筹划起义。

归绥的部分清军巡防队，在哨官曹富章等人的率领下首先起义。接着包头、丰镇等地相继起义，以声援山西革命军。

但包头起义很快就失败了，归绥起义人员也撤出归绥，来到石拐子。郭鸿霖、王鸿文殉难，云亨、吴金山等逃出，杨得麟潜逃中无人敢留，只有托克托厅的阎懋毅然加以保护。其余

---

① 标统，官名，清末统辖一标军队的长官。清末改革兵制，每镇(师)辖二协(旅)，每协辖二标(团)，标的长官称统带，亦称标统。

幸存的同盟会会员准备去太原投奔山西革命军。

在山西，清廷派兵镇压山西革命军，已经占领娘子关，逼近太原。阎锡山决定避其兵锋，弃守太原，率领部分新军取道晋西北，向包头进发。

从阴历十一月二十五日开始，阎锡山率领山西革命军从晋西北出发，穿过鄂尔多斯的准格尔旗、达拉特旗向包头挺进，试建立管辖包头、后套、鄂尔多斯、归绥的临时政权。与此同时，失败的革命党人又集中在山西革命军中。

山西革命军进入包头后，合包头、五原、东胜三地为一，取名包东州，建立革命政权，并以同盟会领导人黄兴之名义，任命云亨为绥远城将军，经权为归化城副都统，安祥为归绥道尹。

十一月二十八日，阎锡山派统带王家驹率步兵二营及重炮队、马队、游击队沿河东进，直趋归绥。至萨拉齐击溃守军，取得该城。山西革命军在萨拉齐充实军需给养之后，继续东进。

十二月初九日，山西革命军到了刀什尔村，遭到清军顽强阻击。阎军伤亡惨重，就连统带王家驹也丢了性命。

此时，阎锡山担心攻打归绥消耗兵力，从而让别人捷足先登占领山西，于是改道南下托克托进退。

十二月初十日，当阎锡山的革命军途经祝乐沁村时，闻讯的托克托厅通判包荣富大为震惊，马上招集公署官员与城内有声望的商绅共谋对策。

当时，参加会议的有冬防队队长吴英、乡耆白玉汝、留日学生刘兆瑞、乡绅阎懋和李永清等人。阎懋等同盟会会员主张欢迎阎军进城,通判包荣富、冬防队队长吴英等虽不愿意,但迫于形势只得顺应。于是,通判包荣富集合文武各部及商号数百人到城北15里外的小井壕村迎接阎军。

据《托克托县志》记载:"在这一时期,托厅士绅阎懋、刘兆瑞、李永清、陈效先、刘懋赏、陈隋宝等人,或在本地,或留学日本,先后参加同盟会。据传,城内精于拳术的吴英和其弟吴耀也参加了同盟会。"

当日,阎锡山的山西革命军五六千人进入托克托城,分驻托克托城、河口镇两地商号、民房内,阎锡山驻在托克托城后街陆秤行商号大裕成内。

而在此时,发生了另外一件事情,据《呼和浩特史料》记载:革命党人王定圻带领一随从——托克托厅人李树槐,冒险前往归绥侦察清军动向。当走到托克托厅伍什家村时,与清军的谍报人员遭遇,敌人开枪打死了李树槐,流弹击落王定圻右手一指。

十二月十一日,山西革命军布告安民,开狱释囚,补充兵员,将开监释放的数十名囚犯编入民军敢死队。同时,筹措饷银,提取托克托城、河口镇塞北关与杀虎口3个税局、盐局及地方各种公款。并向各商号、富户借银8万两,仅汇川当、复合当、清凝当、义川当4家出银1.2万两,用银匠铸成银条发了军饷。

与此同时,让干货铺连夜赶烙月饼,让各民户从杂货行领布,为每个士兵赶制一套三面新的蓝布棉军衣。同时,收缴存于各部门和民间的枪支弹药。

据《托克托县志》记载:托克托厅冬防队队长吴英不愿接

纳阎军,于是他秘密派人给绥远将军送信,报告阎军军情,"请派大军来托,里应外合,消灭阎军。"并私下联络会拳术之人,拟抢阎军军火。

送信人被革命军哨兵查获,搜出信件,阎锡山于十二月十五日将吴英扣捕。在二十二日左右,阎军将吴英的胡子剃掉,脸上涂以粉脂,头上插以红花,两耳挂着辣椒,身着妇女衣服,游街示众。第二天,用车将吴英拉到河口十字街头禹王庙戏台,召集群众,宣布吴英的罪状,在十字街心处死,人头挂在禹王庙门前旗杆上示众。

十二月二十二日,阎锡山为了赶回太原争夺山西督军的位置,匆匆忙忙率军离开托克托城。临走时,阎锡山张贴布告说:"本都督率军北伐,本期直捣黄龙,扫穴犁庭",但现在革命军已大败清军于朝信岭,"山西新任抚台张瑞銮逃遁,咨议局来函请班师返"云云。

为壮声势,阎锡山向地方要了200多辆大车,载着条篓,装着油糖月饼,篓口上蒙着红布,意为装着弹药,实为行军干粮,并让群众夹道欢送。

阎锡山带领革命军渡过冰封的黄河,经准格尔旗、河曲、宁武,到忻州短暂停留。回到太原后,担任山西督军。

十二月二十三日黎明,绥远清军第一镇统领李奎元率军进入托克托城,随即追击革命军。追到距河口镇20公里的石子湾时,已望到革命军后尾,未继续追赶而返回,在城内了解情况。

清军根据"东大店"财东兼掌柜白玉汝的告发,李奎元派兵搜捕曾支持过革命军的阎懋等人。阎懋、刘兆瑞躲在河口镇公义昌草店苇席内幸免;李永清逃出城,隐匿乡下。因三家眷属逃之夭夭,李奎元的清军按大清法令查抄三家财物。

清兵抵达托克托后,分驻于托城、河口两地商号和民户中,任意抢拿百姓东西,闹得人心惶惶,虽为期很短,然托城、河口两地又遭一次兵灾。

1912年,归山西省管辖的绥远地区厅改县,托克托厅改为托克托县,就任山西省督军的阎锡山委任阎懋为东胜县知事,李永清为和林格尔县知事,刘兆瑞为塞北关税务监督兼绥远警察厅厅长,扣捕向清军告密的白玉汝,后白玉汝死于狱中。

当时,托克托厅改为托克托县后,通判改为知事,县署设在今托克托旧城的和平巷,人称衙门口。内设财政局、建设局、抵产局、公安局、承审处。知事叫龚秉钧。

据《绥远通志稿》记载:1912年,山西省第一届省议会议员选举,托克托选民为6245人,次年复选。托克托县籍的省议员有:刘兆瑞,日本高等警官学校毕业;阎懋,清附生;章安国,归绥中学毕业;阎肃,北京中国大学法科毕业。①

1917年,阎锡山给托克托县公署发函,通知县公署派人去山西太原领取所借银两,从1916年算起,年息7厘,分期偿还,到10年本息全部结清。本息以三分之一现金、三分之一山西省公债券、三分之一山西保晋公司股票来进行归还。

---

① 清附生,清代生员,指经过童试取入地方官学的学生,俗称秀才,也叫茂才等。清代生员主要有廪生、增生、附生三大类。